»... und diese Erfahrung habe ich nun auch gemacht«

Texte zum Tod eines nahen Menschen

Herausgegeben
von Elisabeth Raabe
und Paul Raabe

edition momente

Für Florence Raabe

Die Erstausgabe erschien 1986 anlässlich des Todes der Mutter der beiden Herausgeber in der Arche Verlag AG, Raabe + Vitali, Zürich als Band 19 der Neuen Arche Bücherei. Die vorliegende Ausgabe ist eine leicht veränderte Nachauflage.

www.edition-momente.com

Gestaltung: Max Bartholl, Frankfurt
Satz: Uhl + Massopust GmbH, Aalen
Gesamtherstellung:
Friedrich Pustet GmbH & Co. KG, Regensburg
Printed in Germany
ISBN 978-3-0360-6002-6

Inhalt

II. Unendlich Trauriges

III. Sophie ist ein Stern

Gotthold Ephraim Lessing
an Johann Joachim Eschenburg

Lieber Eschenburg,
Meine Frau ist todt; u. diese Erfahrung habe ich nun auch gemacht. Ich freue mich, daß mir viel dergleichen Erfahrungen nicht mehr übrig seyn können zu machen; u. bin ganz leicht. – Auch thut es mir wohl, daß ich mich Ihres, u. unsrer übrigen Freunde in Braunschweig, Beyleids versichert halten darf.

Wolfenb. Der Ihrige Lessing
den 10. Jenner 1778.

I.
Abschied von den Eltern

Marie Luise Kaschnitz
Als meine Mutter starb

Als meine Mutter starb, war es schwer hinzukommen, ins Westwallgebiet, das halbe Kriegsgebiet, unmöglich in einem Tag. Ich übernachte im Bunker und fahre weiter mit dem frühen Bus. Dezember ist es, wie üblich ein milder, frühlingmild. Meine Mutter ist in ihrem eigenen breiten Bett gestorben und ist da auch aufgebahrt, schön weiß, in weißen Blumen. Sie hat stark abgenommen in den Jahren ihrer Krankheit, so daß sie jetzt dem jungen Mädchen gleicht, vor dem mein Vater gewarnt worden ist, eine Schwindsüchtige, eine Todeskandidatin gewiß. Sie hat aber gelebt und vier Kinder, zuletzt noch den Sohn, geboren, ist später mit ihrem Mann, ungern genug, aus Berlin weg und aufs Land gezogen, ist dort dick und energisch geworden, eine Majorin, und liegt nun auf ihrem Totenbett, wieder jung, und schmal und weiß. Ich gebe der Toten einen Kuß auf die Wange, mit großem Widerstreben – ich bin ganz überzeugt davon, daß auch ich nun diese seltene und merkwürdige Krankheit bekommen werde, aber ich muß es tun, als Ausgleich für alle nicht geliebte Liebe, als Abbitte für allen nicht empfundenen Schmerz. Augenblicke großen Mitgefühls hat es allerdings gegeben, zum Beispiel, als die Mutter (die Mama, wie wir sagten) auf der Reise in ein Sanatorium den Weg vom Wagen auf den Bahnsteig in einem Rollstuhl hat zurücklegen müssen. Sie ist da aus lauter tiefer Beschämung in Tränen ausgebrochen, Krankheit gleich Schande, so empfand sie es, und das erbarmte mich sehr. Auch wie sie, die Unzärtliche, einmal »süßes Kind« zu mir sagte, das hätte ich in dem sommerlich linden laubgrünen Schlafzimmer gern noch einmal gehört. Kriegszeit und ein Tod im eigenen Bett, ein sanftes Einschlafen, das Wintergrün haben die französischen Gefangenen geholt und stehen noch da und drehen ihre Mützen in den Fingern, und die Dorfkinder kommen und singen mit angestrengt leisen Stimmen Weihnachtslieder, »Leise rieselt der Schnee«. Am Grab, im Augenblick, als der Sarg hinunterpolterte, hätte ich gern losgeheult, hätte es wohl auch getan, wenn mein Mann mich in den Arm genommen hätte, er aber stand neben mir, groß, ernst und unbeweglich, weil er ahnte, was da bevorstand, ein Naturereignis. Nach Hause gehen wir Geschwister zusammen, jedes von uns hat eine andere Mutter gehabt, nur die Schauplätze der Kindheit hatten wir gemeinsam, aber das ist viel.

Gottfried Benn
Mutter

Ich trage dich wie eine Wunde
auf meiner Stirn, die sich nicht schließt.
Sie schmerzt nicht immer. Und es fließt
das Herz sich nicht draus tot.
Nur manchmal plötzlich bin ich blind und spüre
Blut im Munde.

Peter Weiss
Abschied von den Eltern

Ich habe oft versucht, mich mit der Gestalt meiner Mutter und der Gestalt meines Vaters auseinanderzusetzen, peilend zwischen Aufruhr und Unterwerfung. Nie habe ich das Wesen dieser beiden Portalfiguren meines Lebens fassen und deuten können. Bei ihrem fast gleichzeitigen Tod sah ich, wie tief entfremdet ich ihnen war. Die Trauer, die mich überkam, galt nicht ihnen, denn sie kannte ich kaum, die Trauer galt dem Versäumten, das meine Kindheit und Jugend mit gähnender Leere umgeben hatte. Die Trauer galt der Erkenntnis eines gänzlich mißglückten Versuchs von Zusammenleben, in dem die Mitglieder einer Familie ein paar Jahrzehnte lang beieinander ausgeharrt hatten. Die Trauer galt dem Zuspät, das uns Geschwister am Grab überlagerte und das uns dann wieder auseinandertrieb, ein jedes in sein eigenes Dasein.

Nelly Sachs
an Kurt Pinthus in New York

d. 25. 2. 50

Lieber Kurt Pinthus,

für die warmen, tiefen Worte, die Sie mir sandten, nehmen Sie meinen innigen Dank. Lieber Freund, Sie haben darüber hinaus gefühlt, was dieser Tod für mich bedeutet. Mit dem Verstand müßte ich ihn tragen in Dankbarkeit. Aber ich bin bis in meine letzten Grenzen getroffen, durchgeschnitten. Dieses letzte, teuerste Erdengut hatte mich zusammengehalten, alles, was schon längst auseinander wollte, brauchte ich in letzter Glut, um dieses so oft vor meinen Augen schon Sterbende wieder zum Leben zu rufen. Nun ist nur noch Sehnsucht übrig. Ich will noch versuchen, das Drama fertig zu schreiben. Ich will mir Mühe geben, das so oft Erflehte zu vollenden. Ich will versuchen.

Lieber Kurt Pinthus, warum schrieb ich Ihnen dies nur, ich wollte Ihnen doch nur danken und mich so von Herzen freuen über die schöne Lebensaufgabe, die Ihnen erwachsen ist. Aber Sie haben doch tiefer gesehen, und daher kam das andere mit.

Alle, alle guten Wünsche

Ihre Nelly Sachs

Paul Celan
Schwarze Flocken

Schnee ist gefallen, lichtlos. Ein Mond
ist es schon oder zwei, daß der Herbst unter
mönchischer Kutte
Botschaft brachte auch mir, ein Blatt aus
ukrainischen Halden:

»Denk, daß es wintert auch hier, zum tausendstenmal
nun im Land, wo der breiteste Strom fließt:
Jaakobs himmlisches Blut, benedeiet von Äxten …
O Eis von unirdischer Röte – es watet ihr Hetman
mit allem
Troß in die finsternden Sonnen … Kind, ach ein Tuch,
mich zu hüllen darein, wenn es blinket von Helmen,
wenn die Scholle, die rosige, birst, wenn schneeig
stäubt das Gebein

deines Vaters, unter den Hufen zerknirscht
das Lied von der Zeder …
Ein Tuch, ein Tüchlein nur schmal, daß ich wahre
nun, da zu weinen du lernst, mir zur Seite
die Enge der Welt, die nie grünt, mein Kind, deinem
Kinde!«

Blutete, Mutter, der Herbst mir hinweg, brannte der
Schnee mich:
sucht ich mein Herz, daß es weine, fand ich den
Hauch, ach des Sommers,
war er wie du.
Kam mir die Träne. Webt ich das Tüchlein.

Else Lasker-Schüler
Mutter

Ein weißer Stern singt ein Totenlied
   In der Julinacht.
Wie Sterbegeläut in der Julinacht.
Und auf dem Dach die Wolkenhand,
Die streifende feuchte Schattenhand
Sucht nach meiner Mutter.

Ich fühle mein nacktes Leben,
Es stößt sich ab vom Mutterland,
So nackt war nie mein Leben,
So in die Zeit gegeben,
Als ob ich abgeblüht
Hinter des Tages Ende
Zwischen weiten Nächten stände,
   Alleine.

Peter Handke
Wunschloses Unglück

Es ist inzwischen fast sieben Wochen her, seit meine Mutter tot ist, und ich möchte mich an die Arbeit machen, bevor das Bedürfnis, über sie zu schreiben, das bei der Beerdigung so stark war, sich in die stumpfsinnige Sprachlosigkeit zurückverwandelt, mit der ich auf die Nachricht von dem Selbstmord reagierte. Ja, an die Arbeit machen: denn das Bedürfnis, etwas über meine Mutter zu schreiben, so unvermittelt es sich auch manchmal noch einstellt, ist andrerseits wieder so unbestimmt, daß eine Arbeitsanstrengung nötig sein wird, damit ich nicht einfach, wie es mir gerade entsprechen würde, mit der Schreibmaschine immer den gleichen Buchstaben auf das Papier klopfe. Eine solche Bewegungstherapie allein würde mir nicht nützen, sie würde mich nur noch passiver und apathischer machen. Ebensogut könnte ich wegfahren – unterwegs, auf einer Reise, würde mir mein kopfloses Dösen und Herumlungern außerdem weniger auf die Nerven gehen.

Seit ein paar Wochen bin ich auch reizbarer als sonst, bei Unordnung, Kälte und Stille kaum mehr ansprechbar, bücke mich nach jedem Wollfussel und Brotkrümel auf dem Boden. Manchmal wundere ich mich, daß mir Sachen, die ich halte, nicht schon längst aus der Hand gefallen sind, so fühllos werde ich plötzlich bei dem Gedanken an diesen Selbstmord. Und trotzdem sehne ich mich nach solchen Augenblicken, weil dann der Stumpfsinn aufhört und der Kopf ganz klar wird. Es ist ein Entsetzen, bei dem es mir wieder gut geht: endlich keine Lange-

weile mehr, ein widerstandsloser Körper, keine anstrengenden Entfernungen, ein schmerzloses Zeitvergehen.
Das schlimmste in diesem Moment wäre die Teilnahme eines anderen, mit einem Blick oder gar einem Wort. Man schaut sofort weg oder fährt dem anderen über den Mund; denn man braucht das Gefühl, daß das, was man gerade erlebt, unverständlich und nicht mitteilbar ist: nur so kommt einem das Entsetzen sinnvoll und wirklich vor. Darauf angesprochen, langweilt man sich sofort wieder, und alles wird auf einmal wieder gegenstandslos. Und doch erzähle ich ab und zu sinnlos Leuten vom Selbstmord meiner Mutter und ärgere mich, wenn sie dazu etwas zu bemerken wagen. Am liebsten würde ich dann nämlich sofort abgelenkt und mit irgend etwas gehänselt werden.

Simone de Beauvoir
Warum hat der Tod meiner Mutter mich so heftig erschüttert?

Warum hat der Tod meiner Mutter mich so heftig erschüttert? Seit ich nicht mehr zu Hause lebte, hatte sie mir nur wenige Gefühlsantriebe gegeben. Als sie Papa verloren hatte, bewegten mich die Heftigkeit und die Schlichtheit ihres Kummers sowie ihre Besorgnis um mich. In der Annahme, ich hielte meine Tränen zurück, um ihren eigenen Schmerz nicht zu vertiefen, sagte sie zu mir: »Du mußt an dich denken.« Ein Jahr danach hatte der Todeskampf ihrer Mutter ihr die letzten Stunden ihres Mannes schmerzlich in Erinnerung gerufen: am Tage ihrer Beerdigung hielt eine nervöse Depression Mama ans Bett gefesselt. Ich hatte diese Nacht an ihrer Seite geschlafen. Meinen Widerwillen gegen dieses Ehebett, in dem ich geboren und mein Vater gestorben war, vergaß ich und sah zu, wie meine Mutter schlief; ihre Augen waren geschlossen, ihr Gesicht ruhig: sie war mit ihren fünfundfünfzig Jahren noch immer schön; ich fand bewundernswert, daß die Heftigkeit ihrer Gefühle über ihren Willen gesiegt hatte. Normalerweise dachte ich mit Gleichgültigkeit an sie. Im Traum dagegen spielte sie oft die Hauptrolle, während mein Vater darin nur sehr selten und in unbedeutenden Zusammenhängen auftrat: sie verschmolz mit Sartre, und wir waren glücklich miteinander. Und danach verwandelte sich der Traum in einen Alp: warum wohnte ich wieder mit ihr zusammen? Wie war ich wieder unter ihre Herrschaft geraten? Unsere frühere Beziehung lebte also in ihrer doppelten Gestalt in mir weiter: als geliebte und zugleich verwünschte Abhängigkeit. Sie lebte in ihrer ganzen Stärke wieder auf, als Mamas Unfall, ihre Krankheit und ihr Tod die Routine durchbrachen, die sonst unsere Beziehungen bestimmte. Hinter denen, die diese Welt verlassen, erlischt die Zeit; und je älter ich werde, desto mehr schrumpft meine Vergangenheit. Die »liebe kleine Mama«, die sie in meinem zehnten Lebensjahr für mich war, unterscheidet sich nicht mehr von der feindseligen Frau, unter deren Druck meine Jugend stand. Als ich meine alte Mutter beweinte, beweinte ich alle beide. Das Traurige am Scheitern unserer gegenseitigen Beziehung, mit dem ich mich abgefunden zu haben glaubte, wurde mir wieder beklemmend deutlich. Ich betrachtete unsere beiden Fotos, die aus derselben Zeit stammen. Ich bin achtzehn Jahre alt, Mama fast vierzig. Heute könnte ich fast ihre Mutter und die Großmutter des jungen Mädchens mit den traurigen Augen sein. Beide tun mir leid, ich, weil ich so jung und noch so ahnungslos bin, sie, weil die Zukunft ihr verschlossen und sie immer ahnungslos gewesen ist. Doch ich könnte ihnen nicht raten. Es stand nicht in meiner Macht, die unglückliche Kindheit auszulöschen, die meine Mutter dazu verurteilte, mich unglücklich zu machen und darunter ihrerseits zu leiden. Denn sie hat mir zwar einige Jahre meines Lebens vergiftet, aber ohne es eigentlich zu beabsichtigen, habe ich ihr das reichlich heimgezahlt. Sie war um mein Seelenheil bekümmert. In dieser Welt freute sie sich über meine Erfolge, aber sie war peinlich berührt von dem

Skandal, den ich in ihrer Umgebung erregte. Es war ihr nicht angenehm, einen Vetter äußern zu hören: »Simone ist der Schandfleck der Familie.«
Die Veränderungen, die sich während der Krankheit an Mama vollzogen, machten meine Reue noch bitterer. Wie schon erwähnt, besaß sie ein kraftvolles und leidenschaftliches Temperament und hatte sich durch ihre Selbstverleugnung das Leben schwergemacht. Als sie dann bettlägerig war, hatte sie beschlossen, sich selbst zu leben, und blieb dennoch um ihre Mitmenschen besorgt: aus ihren Konflikten war eine Harmonie erwachsen. Mein Vater deckte sich genau mit seiner gesellschaftlichen Stellung: er selbst und seine Gesellschaftsklasse sprachen mit ein und derselben Stimme aus seinem Munde. Seine letzten Worte: »Du hast schon früh deinen Lebensunterhalt verdient: deine Schwester hat mich viel Geld gekostet«, ließen die Tränen nicht gerade reichlicher fließen. Meine Mutter hingegen war tief in einer spiritualistischen Ideologie befangen; doch hegte sie für das Leben eine animalische Leidenschaft, die der Quell ihrer Beherztheit war und die sie, als ihr Körper ihr zur Belastung wurde, an die Wahrheit heranbrachte. Sie befreite sich von den Klischees, die verdeckt hatten, was ihr an Aufrichtigem und Gewinnendem eigen war. Da erst verspürte ich die Wärme der Zärtlichkeit, die so oft von der Eifersucht entstellt worden war und die sie so schlecht auszudrücken vermocht hatte. In ihren Papieren fand ich rührende Beweise dafür. So hatte sie zwei Briefe aufbewahrt – der eine von einem Jesuiten, der andere von einer Freundin –, worin ihr versichert wurde, ich würde eines Tages zu Gott zurück-

finden. Eigenhändig hatte sie eine Stelle von Chamson abgeschrieben, wo er dem Sinne nach sagt: hätte ich als Zwanzigjährige einen glaubwürdigen älteren Menschen getroffen, der mir von Nietzsche, Gide und der Freiheit erzählt hätte, ich hätte mit meinem Elternhaus gebrochen. Ein Zeitungsausschnitt vervollständigte diese Akte; er war überschrieben: *Jean-Paul Sartre hat eine Seele gerettet*. Rémy Roure erzählt darin – was übrigens nicht stimmt –, daß nach der Aufführung von *Bariona* im Stalag XII D ein atheistischer Arzt konvertiert habe. Ich weiß wohl, was meine Mutter in diesen Schriftstücken suchte: sie wollte über mich beruhigt werden; doch sie hätte dieses Bedürfnis nicht gehabt, wenn sie nicht um mein Seelenheil in brennender Sorge gewesen wäre. »Freilich möchte ich in den Himmel kommen, aber nicht ganz allein, nicht ohne meine Töchter.«

Sehr selten geschieht es, daß Liebe, Freundschaft oder Kameradschaft die Einsamkeit des Todes überwinden; allem Anschein zum Trotz und selbst wenn ich Mamas Hand hielt, war ich nicht bei ihr: ich belog sie. Weil sie immer getäuscht worden war, war mir diese letzte Täuschung verhaßt. Ich machte mich zum Helfershelfer des Schicksals, das ihr Gewalt antat. Doch mit jeder Faser meines Körpers stimmte ich in ihren Widerstand, ihr Aufbegehren ein: auch deshalb hat ihre Niederlage mich so furchtbar getroffen. Obwohl ich nicht bei ihr war, als sie ihr Leben aushauchte – während ich dreimal schon die letzten Augenblicke eines Sterbenden miterlebt hatte –, habe ich doch erst an ihrem Krankenlager den höhnisch grinsenden Tod der Totentänze gesehen, den Tod aus dem Märchen, der mit der Sense in der Hand an die Tür klopft, den Tod, der von ferne kommt, fremdartig, unmenschlich: er hatte dasselbe Gesicht wie Mama, wenn sie in einem breiten, ahnungslosen Lächeln ihre Kinnlade entblößte.

»Er ist in dem Alter, wo man stirbt.« Das ist die traurige Wahrheit der alten Leute und zugleich ihre Zuflucht: die meisten von ihnen denken nicht daran, daß für sie dieses Alter gekommen ist. Auch ich habe in dieser Schablone gedacht, sogar als es um meine Mutter ging. Ich verstand nicht, daß man allen Ernstes um einen Angehörigen, einen alten Verwandten weinen kann, der über siebzig Jahre alt ist. Wenn ich einer fünfzigjährigen Frau begegnete, die verzweifelt war, weil sie eben ihre Mutter verloren hatte, hielt ich sie für neurotisch: wir sind alle sterblich; mit achtzig Jahren ist man wohl alt genug, einen Toten abzugeben …

Aber nein. Man stirbt nicht daran, daß man geboren worden ist, nicht daran, daß man gelebt hat und auch nicht am Alter. Man stirbt an *etwas.* Zu wissen, daß meine Mutter durch ihr Alter einem nahen Ende zubestimmt war, hat die schreckliche Überraschung nicht gemildert: sie hatte ein Sarkom. Ein Krebs, eine Embolie, eine Lungenkongestion: all das kommt ebenso brutal und unversehens wie das Aussetzen eines Flugzeugmotors mitten am Himmel. Meine Mutter ermutigte zum Optimismus, als sie, die Gelähmte und Sterbende, den unermeßlichen Wert jedes einzelnen Augenblicks bekräftigte; doch ihr vergeblicher erbitterter Kampf zerriß den beruhigenden Schleier des Alltäglich-Banalen. Einen natürlichen Tod gibt es nicht: nichts, was einem Menschen je widerfahren kann, ist natürlich, weil seine Gegenwart die Welt in Frage stellt. Alle Menschen sind sterblich: aber für jeden Menschen ist sein Tod ein Unfall und, selbst wenn er sich seiner bewußt ist und sich mit ihm abfindet, ein unverschuldeter Gewaltakt.

Ernst Stadler
an Hermann Georg Fiedler, Oxford

Brüssel den 5. Jan. 1911
9, Rue Bosquet
Sehr geehrter Herr Professor,
Für Ihre freundlichen Worte der Teilnahme beim Tode meines Vaters sage ich Ihnen meinen herzlichsten Dank. Der Verlust war um so schmerzlicher wegen der außerordentlichen Plötzlichkeit, mit der er uns betroffen hat. Mein Vater hatte vorher nicht das mindeste Unwohlsein verspürt und sank plötzlich auf der Straße zusammen.
Ich brauche Ihnen nicht erst zu sagen, sehr verehrter Herr Professor, wie sehr ich durch diesen unerwarteten Todesfall auch in meinen Studien, vor allem in der Arbeit an der Thesis zurückgekommen bin. Seit Ende Nov., wo ich so plötzlich nach Straßburg gerufen wurde, ruht die Arbeit vollständig. Erst hielt mich ein Unwohlsein von der Rückkehr nach Brüssel zurück, und jetzt, während der Weihnachtsferien, gab es in Straßburg so viele Dinge, in deren Erledigung ich meine Mutter unterstützen mußte, daß mir die Wiederaufnahme der Arbeit bisher unmöglich war. So peinlich es mir ist, so muß ich doch, unter diesen Umständen, um eine neue Fristverlängerung nachsuchen und bitte Sie, sehr verehrter Herr Professor, Ihrerseits zu erlauben, daß ich die Thesis statt zum 15. Jan. erst zu Anfang Mai, dh. zum ersten Meeting im Sommer-Term einschicke. Ganz besonders dankbar wäre ich Ihnen, wenn Sie auch Herrn Cookson gegenüber dieser Fristgewährung das Wort redeten. Es handelt sich ja hier nicht um

eine Lässigkeit meinerseits, sondern um das unerwartete Dazwischenkommen ganz besonderer Umstände.
Lassen Sie mich Ihnen im voraus für die freundliche Gewährung meiner Bitte herzlichst danken.
Zum neuen Jahre sende ich Ihnen, sowie Ihrer verehrten Frau Gemahlin, alle guten Wünsche und bin in ausgezeichneter Hochachtung
Ihr ergebener E. Stadler

Hermann Hesse an die Familie in Calw

Basel, 30. 4. 1902
Ihr Lieben!
So leid es mir tut, nicht beim Begräbnis der lieben Mama gewesen zu sein, so war es doch für mich und Euch vielleicht besser, als wenn ich gekommen wäre. Ich war und bin noch sehr gedrückt, dennoch habe ich in diesen Tagen seit dem 24sten weniger gelitten als in den Wochen vorher. Seit der Todesnachricht war ich zu betäubt und ermüdet, um mehr als einen dumpfen Schmerz zu empfinden. Außerdem hatte ich in der allerletzten Zeit für Mama so sehr den Wunsch nach Erlösung gehabt, daß ich mich in aller Trauer doch ihres seligen, sanften Heimgangs freuen konnte. Auch habe ich seither immer das Gefühl gehabt, sie nicht verloren zu haben, sondern ihre geistige Gegenwart gütig und tröstend zu spüren.
Euch alle und namentlich den lieben Papa grüße und umarme ich in treuer Liebe und Teilnahme. Ich suche mir vorzustellen, wie nun bei Euch das häusliche Leben weiter läuft, und bitte Euch, mir öfters, wenn auch nur kurz, Nachricht von Euch zu geben. Die lieben, lebhaften Briefe der Mama und ihre schöne gewohnte Handschrift mußte ich ja schon seit 4 Monaten entbehren. Ich brachte den Abend des 24sten über diesen Briefen zu, aus denen so viel von mir meist nicht gewürdigte Weisheit, Güte und selbstlose Liebe sprechen.

Basel, 11. 5. 1902
Ihr Lieben!
Auch ich habe nicht das Gefühl, als ob ich die liebe Mutter an ihrem Grab suchen müßte. Oft habe ich die Empfindung ihrer Gegenwart und Liebe stärker als je zu ihren Lebzeiten. Freilich, das schwerste Stück der Trauer bleibt mir nicht erspart, die Reue über alle Lieblosigkeiten, mit denen ich Mama so oft weh getan habe und die sie mir noch extra verziehen hat. Aber dies Sichbesinnen und dies traurige Nicht-wiedergutmachen-Können hat auch wieder seine positive, lehrende und bessernde Seite.

Matthias Claudius
Bei dem Grabe meines Vaters

Friede sei um diesen Grabstein her!
Sanfter Friede Gottes! Ach sie haben
Einen guten Mann begraben,
Und mir war er mehr;
Träufte mir von Segen, dieser Mann,
Wie ein milder Stern aus bessern Welten!
Und ich kanns ihm nicht vergelten, was er mir getan,
Er entschlief; sie gruben hier ihn ein.
Leiser, süßer Trost, von Gott gegeben,
Und ein Ahnden von dem ewgen Leben
Düft um sein Gebein!

Bis ihn Jesus Christus, groß und hehr!
Freundlich wird erwecken, – ach, sie haben
Einen guten Mann begraben,
Und mir war er mehr.

II.
Unendlich Trauriges

Margarethe Langen, geb. Trakl an Ludwig von Ficker, Innsbruck

Berlin-Wilmersdorf, am 19. Novem. 1914
Prinzregentenstraße: 77
Hochverehrter Herr,
Furchtbar ist der Tod meines Bruders.
Gott gebe mir bald die Erlösung auf die ich harre.
Gott grüße Sie
Ihre ergebene
G. L

Hans Egon Holthusen
Klage um den Bruder

II.

Es war mein Blut, das sich aus dir ergossen.
Nun ist mir alles fremd. Nun gehst du tot
In dieses Dasein ein. So sei mein Brot
Hinfort nicht ohne deinen Tod genossen.

Mein Herz fühlt aus den Angeln sich gehoben
Und sieht die Dinge schwindlig und verändert.
Die Blumen sind mit Todeslicht gerändert,
Und alle Horizonte sind verschoben.

O furchtbar, einen Bruder zu besitzen
Und einmal nur – dies Kreuz ward uns gesetzt –
Berühren dürfen mit den Fingerspitzen!

Ein kleiner Ruck der Zeit hat dich getroffen,
Ein bloßer Lidschlag zwischen jetzt und jetzt,
Und meine Arme bleiben ewig offen.

Käthe Kollwitz an Frau Schröder

November 1914
Liebe Frau Schröder und liebe Dore! Der schöne Schal kann unsern Jungen nicht mehr wärmen. Er liegt tot unter der Erde. Er ist bei Dixmuiden als erster seines Regiments gefallen. Er brauchte nicht zu leiden.
Bei Sonnenaufgang hat das Regiment ihn begraben, seine Freunde haben ihn ins Grab gelegt. Dann sind sie an ihre furchtbare Arbeit gegangen. Wir danken Gott, daß er so sanft hinweggenommen ist vor dem Gemetzel.
Bitte kommen Sie noch nicht zu uns. Aber Dank für den Schmerz, den Sie – wir wissen es – fühlen.
Karl und Käthe Kollwitz und Hans

Alma Mahler-Werfel
Nur mühsam komme ich über Manons Tod hinweg

Nur mühsam komme ich über Manons Tod hinweg. Und diese vielen Tode um mich, das Schwerste – Manons Verschwinden – läßt mich in allen Wesen jetzt nur ein Provisorium sehen.
Wenn ich ein Kind sehe, sehe ich sogleich in seinen Zügen das schneller reifende, werdende, vergehende Leben und den nahen Tod.
Wenn ich ein Tier sehe – den Tod. Wenn ich Pflanzen sehe – der Tod sieht mich durch sie an. Es ist entsetzlich.

7. Juli
Es wäre der fünfundsiebzigste Geburtstag Gustav Mahlers. – Alles um mich voll Toter.
Ich sehne mich verzweifelt nach Manon. Sie war die meinem Herzen Nächste. Näher als alle Menschen, die ich einst liebte. Ich liebe nur noch die Idee Manon, sonst nichts mehr auf dieser Welt.

Else Lasker-Schüler
An mein Kind

Immer wieder wirst du mir
Im scheidenden Jahre sterben, mein Kind,

Wenn das Laub zerfließt
Und die Zweige schmal werden.

Mit den roten Rosen
Hast du den Tod bitter gekostet,

Nicht ein einziges welkendes Pochen
Blieb dir erspart.

Darum weine ich sehr, ewiglich .....
In der Nacht meines Herzens.

Noch seufzen aus mir die Schlummerlieder,
Die dich in den Todesschlaf schluchzten,

Und meine Augen wenden sich nicht mehr
Der Welt zu;

Das Grün des Laubes tut ihnen weh.
– Aber der Ewige wohnt in mir.

Die Liebe zu dir ist das Bildnis,
Das man sich von Gott machen darf.

Ich sah auch die Engel im Weinen,
Im Wind und im Schneeregen.

Sie schwebten........
In einer himmlischen Luft.

Wenn der Mond in Blüte steht
Gleicht er deinem Leben, mein Kind.

Und ich mag nicht hinsehen
Wie der lichtspendende Falter sorglos
dahinschwebt.

Nie ahnte ich den Tod
– Spüren um dich, mein Kind –

Und ich liebe des Zimmers Wände,
Die ich bemale mit deinem Knabenantlitz.

Die Sterne, die in diesem Monat
So viele sprühend ins Leben fallen,
Tropfen schwer auf mein Herz.

Hugo von Hofmannsthal an Carl J. Burckhardt

Rodaun 14. VII. 29

… Gestern nachmittag ist ein großes Unglück über das Rodauner Haus gekommen. Während eines schweren dumpfen Gewitters hat unser armer Franz sich durch einen Schuß in die Schläfe das Leben genommen. Die Ursache dieser schweren Tat liegt unendlich tief: in den Tiefen des Charakters und des Schicksals. Eine äußere Ursache war nicht. Wir hatten noch zusammen gegessen – lieb und gemütlich. Es liegt etwas unendlich Trauriges und unendlich Nobles in der Art, wie das arme Kind aus dem Leben gegangen ist. Er konnte sich nie mitteilen. Auch sein Weggehen war schweigend. – Raimund ist mit uns.

In Freundschaft Ihr Hofmannsthal

Hermann Hesse an Thomas Mann

Montagnola, 26. V. 1949
Lieber Herr Thomas Mann
Wie in jedem Ihnen befreundeten Kreise und Hause ist auch in unserem Hause die traurige Nachricht mit Erschütterung und tiefem Mitgefühl aufgenommen worden. Wir Alten sind daran gewöhnt, um uns her die Freunde und Weggenossen verschwinden zu sehen, aber einen seiner Nächsten aus der Generation zu verlieren, die uns nach unsrem Weggang ersetzen, die uns ein wenig den Rücken gegen das ewige eisige Schweigen decken sollte, das hat etwas Erschreckendes und ist schwer hinzunehmen.
Ich weiß wenig über Ihr Verhältnis zu Klaus. Ich selbst habe seinen Anfängen Aufmerksamkeit und Sympathie geschenkt, habe mich später über vieles Unzulängliche in seinen literarischen Versuchen Ihretwegen gelegentlich geärgert, und empfinde es heute als überaus tröstlich und versöhnend, daß als Abschluß und Überwindung dieser Versuche dann doch noch ein schönes, gutes, vollwertiges Werk, das Buch über André Gide zu Tage kam und seine und Ihre Freunde beschenkt und für sich gewonnen hat. Dieses Buch wird seinen Autor überdauern, noch auf lange Zeit.
Ich drücke Ihnen und Ihrer lieben Frau, deren wir in diesen Tagen ganz besonders gedenken, in herzlichem Mitgefühl die Hand.
Stets Ihr H. Hesse.

Gertrud Kolmar
Begraben

Ich komme aus dem Garten,
Ich bringe einen Spaten,
Ich war bei den Schneebeerbüschen
Und habe ein Loch gegraben.
Ich trug eine schmale Truhe
Mit einer sonngelben Rose;
So trug ich mein liebes Kind,
Meinen kleinen Knaben.

Mit dunkelblonden Haaren,
Mit reinen, sehr sanften Lidern,
Mit Lippen, drauf junge Worte
Wie zwitschernde Vögel nisten.
Er hatte zuweilen Augen
Wie summende samtene Hummeln
Und hatte zuweilen Augen
Gleich dunkleren Amethysten.

Ich stickte mit meinen Träumen
Ihm helle leinene Kittel
Und nähte aus meinem Hoffen
Ihm moosgrüne Lederschuhe.
Ich schritt ein wenig gebückt;
Er hing so an meinem Herzen.
Die Leute sahen ihn nicht. –
Und nun ist Ruhe.

Er wurde seltsam und karg,
So leicht, so still und müde
Und neigte das kleine Haupt,
Wie welke Blumen es neigen.
Ich habe ihn eingesenkt
Tief zwischen die Wurzeln der Linde,
Hab Erde auf ihn gebreitet
Und über die Erde Schweigen.
Und ich habe doch nicht geweint…

III.
Sophie ist ein Stern

Georg Christoph Lichtenberg an Johann Andreas Schernhagen

[Göttingen,] 8. August [1782]
Am Montag war es mir gänzlich unmöglich Ihnen auch nur eine Silbe zu schreiben und zwar aus Wehmut über den Verlust einer Person, die ich vom 11 ten Jahre an erzogen und nun fast 3 Jahr bei mir hatte. Was die Stadt auch von dieser Verbindung gedacht haben mag, so kann ich Ew. Wohlgeboren versichern, daß mir eine Person von der Sanftmut, der Sorgfalt in allen Verrichtungen, der Bescheidenheit, die selbst die Häßlichste geziert haben würde, ob diese gleich von großer Schönheit war, nie vorgekommen ist. Ihre Krankheit war die Rose am Kopf, die vermutlich durch Unwissenheit unsrer Ärzte zurücktrat und ihrem Leben in 8 Tagen ein Ende machte. Ich sah die Gefahr voraus, und warnte und bat. Ich wurde aber ausgelacht. Sie wurde 17 Jahr und 39 Tage alt, war die Gesundheit selber und ist nie krank gewesen, als an den Pocken. Am Mittewochen, als gestern morgen wurde sie begraben, und kaum war sie 2 Stunden unter der Erde, so starb Mamsell Dieterich, ein solches Leidhaus können Sie sich nicht denken. Die ganze Stadt ist voll davon, daß zwei junge und gewiß der schönsten und gesündesten Mädchen, die sehr viel auf einander hielten und täglich 3mal nach einander fragen ließen, fast zu gleicher Zeit in die Ewigkeit gegangen sind.

Georg Christoph Lichtenberg
an Franz Ferdinand Wolff

Göttingen, den 28. August 1782
Für Ew. Wohlgeboren freundschaftliches Beileid statte ich Denselben den verbindlichsten Dank ab. Es war dieses allerdings einer der empfindlichsten Schläge, die mich in meinem Leben betroffen haben, und die Philosophie, in deren Diensten ich zu stehen die Ehre habe, hat sich selbst gefürchtet mich zu trösten, ich habe mich ohne weitere Zerstreuung meinem Schmerz ganz überlassen, ganz gegen den Rat meiner Freunde, weil mir meine Philosophie so viel sagte, daß auf diese Weise die Empfindung bald stumpf wird, so wie es ein Schmerz stillendes Mittel ist, den Finger ans Feuer zu halten, wenn man ihn verbrannt hat. Ich spüre die guten Folgen bereits recht gut. Die Zerstreuungen (um im Gleichnis fort zu fahren) helfen so viel als das kalte Wasser beim verbrannten Finger, wenn man ihn herauszieht, so kommt der Schmerz desto lebhafter wieder. Hingegen werde ich, während als ich dem Schmerz nachhänge, ruhig, so bin ich auch gewiß geheilt. Das Peinigende ist bereits vergangen, allein eine nicht *ganz unangenehme* melancholische Empfindung bei der Erinnerung an die vorigen Zeiten wird mich vielleicht nie verlassen.

Hans Arp
Sophie

.

Die Herzen sind Sterne,
die im Menschen blühen.
Alle Blumen sind Himmel.
Alle Himmel sind Blumen.
Alle Blumen glühen.
Alle Himmel blühen.

.

Ich spreche kleine, alltägliche Sätze
leise für mich hin.
Um mir Mut zu machen,
um mich zu verwirren,
um das große Leid, die Hilflosigkeit,
in der wir leben, zu vergessen,
spreche ich kleine, einfältige Sätze.

.

Die Meere sind Blumen.
Die Wolken sind Blumen.
Die Sterne sind Blumen,
die im Himmel blühen.
Der Mond ist eine Blume.
Der Mond ist aber auch eine große Träne.

.

Alle Blumen blühen für dich.
Alle Herzen glühen für dich.

.

Ich spreche kleine, einfältige Sätze
leise für mich hin,
immerfort für mich hin.
Ich spreche kleine, alltägliche, geringe Sätze.

.

Ich spreche wie die geringen Glocken,
die sich wiederholen und wiederholen.

.

Sophie ist ein Himmel.
Sophie ist ein Stern.
Sophie ist eine Blume.

.

Alle Blumen blühen,
blühen für dich.
Alle Herzen glühen,
glühen für dich.

.

Nun bist du fortgegangen.
Was soll ich hier gehen und stehen.
Ich habe nur ein Verlangen.
Ich will dich wiedersehen.

.

Wir zogen hell
durch Glanz und Duft.
Nun tut das Licht mir weh
und niemand ruft
und zeigt mir eine Blume
oder einen Stern.

.

Es blüht im Himmelsgrund
zwischen Dunkelheit und Licht
strahlend wie ein Stern
dein gütiges Gesicht.

.

Du bist ein Stern
und träumst in Gottes lichter Blume.
Ich mag nicht weitergehen.

.

Ich will auch schlafen.
So wie du schläfst
in Gold und tiefer Ferne
in einem reinen Wiegen.

.

Verloren wie der alte Mond,
der schon viel tausend Jahre stirbt,
ist dieser arme Tränenmensch,
der um die tote Rose wirbt.

.

Wie schnell vergeht ein Leben
in Gottes lichtem Dunkel.
Kaum ist heute gesagt,
ist morgen schon vergangen.
Und so vergehen die Jahre
mit Spielen, Träumen, Säumen.
Und so vergeht die Zeit,
in der die Blumen schweben.

.

Wann blühen wir wieder
vereint an Gottes lichtem Strauch?
Wann ruhe ich für immer
in deinem reinen Hauch?

.

Du lächeltest,
um nicht zu weinen.
Du lächeltest,
als würden lange noch
die guten Tage scheinen.
Deine Flügel glänzten
wie junge Blätter.

.

Dein Gesicht
war ein weißer Stern.

.

Seitdem du gestorben bist,
danke ich jedem vergehenden Tag.
Jeder vergangene Tag
bringt mich dir näher.

Heinrich Mann an Eva Lips

7. Jan. 1945
301 So. Swall Drive
Los Angeles, Calif.
Verehrte, liebe Frau Eva Lips,
dieser Brief wird mir schwer: ich weiß nicht, ob die Nachricht Sie inzwischen erreicht hat. Als Sie uns am 25. Dezember schrieben, war meine tapfere Frau schon den neunten Tag dahingeschieden. Sie starb in der Ambulanz, auf dem Wege vom Recieving house, wo man ihr den Magen nicht mehr hatte vom Gift entleeren können, nach dem Hospital. Dort gab niemand mir Auskunft; was geschehen war, erfuhr ich des nächsten Tages von der Begräbnisanstalt.

Es war ihre fünfte Vergiftung, drei leichtere in Frankreich. Hier war die Besessenheit stärker geworden, schon der vorletzte Versuch wäre beinahe gelungen. Das ist fast genau ein Jahr her. Dieses letzte Jahr war Jammer und Schrecken. Ihr armes Gemüt suchte Nahrung überall für seine düsteren Vorsätze. Nicht genug an wirklichen Unglücksfällen – ein Auto-Prozeß, um dessentwillen wahrhaftig niemand sterben muß –, sie bildete sich den Verlust ihrer Schwester ein und beweinte sie. Die aber war gesund und nur meine arme Liebe so krank.

Viermal konnte ich sie retten, warum nicht das fünfte? Hätte sie nicht arbeiten dürfen? Sie war als nurse beliebt, es tat ihr wohl. Waren wir hier seit vier Jahren nur unglücklich? Das ist man nie, so wenig wie immer glücklich. Unsere acht Jahre Frankreich waren ganz gewiß vorwiegend glücklich, in jeder äußeren, jeder menschlichen Beziehung. Beide um vieles jünger, noch nicht eigentlich emigriert, ganz ohne Schicksalsschläge; aber schon damals hat ihre Kraft versagt. Einem schuldloseren Leiden war ich niemals nahe.

Personen, die nichts wissen, versuchen mir anzudeuten, es sei »besser so«. Nein. Ihr leidendes Gesicht der schlimmen Tage, wenn sie weiß – nicht nur die Uniform weiß –, mit verstörten Augen in die Tür trat: ich wollte alles wiederhaben, ich würde nochmals hoffen, alles könnte gut werden für sie, für uns. Wir waren fünfzehn Jahre vereint. Erinnerungen, tragische und wunderbare, lebten in ihr, sind aber jetzt schattenhaft wie der mir gebliebene Rest vom Dasein.

Ich will nicht indiskret klagen. Sie beide haben uns in Frankreich beisammen gesehen und sich überzeugt, wie sehr wir zusammen gehörten. Zurückkehren an Orte, wo ich sie hatte, und bringe sie nicht mehr mit? Ich verlasse kaum noch die Wohnung, die doch ihre war. Sie hat von Ihnen beiden mit Freundschaft gesprochen, sie verdiente Ihre Güte, auch sie war wesentlich gütig. Ich möchte nicht, daß Sie die Verpflichtung fühlen, diesen Brief zu beantworten. Ob Sie sprechen oder schweigen, ich weiß, daß Sie unserer gedenken.

Ihr Heinrich Mann

Heinrich Mann
an Eva und Julius Lips

24. Jan. 1945
301 So. Swall Drive
Los Angeles 36, Calif.
Meine lieben Freunde,
Ihre beiden Briefe haben mich wahrhaft ergriffen: ich glaube, daß Sie wirklich mit mir weinen konnten; das ist das Beste, was wir einander zu geben haben.
Es hieße Ihr Mitgefühl mißbrauchen, wenn ich zu viel von meiner Verlorenen spräche. Genug daß ich, der nur sie hatte, heute wie vor 40 Tagen von ihrem Tod besessen bin. Ich sehe kein anderes Ende für mich, als nur diese neue Art der Vereinigung mit ihr. So ist es wohl und gibt nichts zu verwundern, was wäre Außerordentliches bei einem nächstens 74jährigen, der in seiner Vergangenheit lebt. Was noch kommt, ist wenig und ist ohne viel Interesse. Die irdische Unsterblichkeit, die ich schwerlich verdient habe, würde mich nicht trösten. Die andere – ja, unter der Bedingung, daß ich sie wiederfände wie sie und ich in Frankreich waren.
Sie sehen richtig: das war ihr wahres Leben und war meine glückliche Zeit. Ich danke ihr für jeden Tag, den sie mir schenkte.
Ihnen, liebe Freunde, danke ich dafür, daß Sie einem Verarmten Ihr reiches Verständnis und Empfinden schenken.

Ihr Heinrich Mann

Irmgard Keun
Für Joseph Roth
(Amsterdam)

Die Trauer, Freund, macht meine Hände dumm,
Wie soll ich aus dem schwarzen Blut der Grachten
Kränze winden?
Das Leid, mein Freund, macht meine Kehle stumm,
Wo bist du, Freund, ich muß dich wiederfinden.

Die Tränen sterben mir, denn du bist tot,
Zerbrochene Gräber scheinen mir die Sterne,
Es fließt, es fließt der Strom der großen Not
Aus jedem Grab der unerreichten Ferne.

Ich möchte einen Mantel weben aus dem Leid
Einsamer Stunden, kann man Tote noch
beschenken?
Man kann nur dankbar sein für jede Stunde Zeit,
Die Gott noch gibt, um liebend zu gedenken.

Simone de Beauvoir
Es gibt eine Frage …

… Sartres Asche ist auf den Friedhof Montparnasse zurückgebracht worden. Jeden Tag legen unbekannte Hände frische Blumensträußchen auf sein Grab.

Es gibt eine Frage, die ich mir in Wahrheit nicht gestellt habe. Vielleicht wird der Leser sie sich stellen: Hätte ich Sartre nicht über seinen bevorstehenden Tod aufklären müssen? Als er im Krankenhaus lag, geschwächt, kraftlos, war ich nur darauf bedacht, ihm den Ernst seines Zustands zu verheimlichen. Und vorher? Er hatte mir immer gesagt, daß er bei Krebs oder einer anderen unheilbaren Krankheit *Bescheid wissen* wolle. Aber sein Fall war nicht eindeutig. Er war »in Gefahr«, aber würde er es nun noch zehn Jahre durchstehen, wie er es wünschte, oder wäre in einem oder in zwei Jahren alles zu Ende? Das wußte kein Mensch. Er hätte keine Vorkehrung treffen, hätte sich nicht mehr schonen können. Und er liebte das Leben. Es war ihm schon schwer genug gewesen, seine Blindheit, seine Gebrechen hinzunehmen. Hätte er die Bedrohung, in der er schwebte, genauer gekannt, so hätte sie seine letzten Lebensjahre nur unnötig verdunkelt. Auf jeden Fall schwankte ich wie er zwischen Angst und Hoffnung. Mein Schweigen hat uns nicht getrennt. Sein Tod trennt uns. Mein Tod wird uns nicht wiedervereinen. So ist es nun einmal. Schön ist, daß unsere Leben so lange harmonisch vereint sein konnten.

Hannah Arendt
an Helene Wolff

Chicago, 3. November 1963
Liebste Helene –
Ich telegraphierte, als ich die entsetzliche Nachricht – etwas verspätet – erhielt. Seither versuche ich es zu fassen, mir klarzumachen, dass dies wirklich wahr ist – und kann es nicht. Zu nahe sind die Tage in Locarno, und zu selbstverständlich noch die lebendige Nähe …
Es ist etwas Unheimliches um diesen Tod. Erst der Unfall im Februar wie ein Fingerzeig, dass er nicht an der Krankheit zugrunde gehen werde. Wie er es ja auch selbst verstand. Und dann begraben, wenn ich es recht verstanden habe … in nächster Nähe zu den Werken seiner ersten Autoren. Und das ist schön und tröstlich. Denn er hat ja im Grunde die Wurzellosigkeit, die unser aller Schicksal ist, nie mitgemacht. Zurückzugehen, woher er kam – das scheint mir wie das letzte Glied seiner Glückskette, als hätte Fortuna auch im Schrecken noch einmal gelächelt, weil dies Leben in Glück und Unglück doch immer gesegnet blieb und diesen Segen auch ausstrahlte …
Ich bin von ganzem Herzen und in Trauer
Ihre
Hannah

Helene Wolff
an Hannah Arendt

Locarno, 7. November 1963

Liebste Hannah,

Ihr Brief kam mir zuvor, ich hatte Ihnen in Gedanken schon geschrieben. Einmal sprechen wir miteinander. Ich musste an Ihre Bemerkung denken, er sei ein Spieler gewesen – das war er im Sinne that he took chances. Nach dem Bericht von Augenzeugen löste er sich von der Gruppe der Wartenden und machte zwei Sprünge, um rasch noch vorbeizukommen, deren Warnungsrufe nicht achtend. Fast schaffte er es, da traf ihn der Stoss. Er muss es in einem Augenblick der Euphorie getan haben, als er sich ganz als »Herr« fühlte … – Sehr vieles in diesen für mich so schrecklichen Tagen war dann auch wieder märchenhaft: die Stätte des Todes, ein Kinderhospital, ohne die kalte Technik eines grossen Krankenhauses – man bahrte ihn in einem Raume auf, dessen Schlüssel man mir gab, als wäre er ein Besucher, und versicherte in treuherzigem Schwäbisch: »Hier kann er bleiben, so lange Sie wollen.« – die Polizei verzichtete auf Autopsie, er wurde ganz in Frieden gelassen und ich auch. Auch die von mir gewünschte Beerdigung in Marbach, dem er so eilig zustrebte, wurde sofort gestattet, und er ging heim, nicht zu seinen Vätern, sondern zu seinen Autoren, zu seiner Jugend, zu jener Zeit, in der er noch, jung, beschwingt, unschuldig, »Verlag gespielt« hatte. Die Beerdigung, vom Marbacher Schiller Museum betreut, gestaltete sich zu einem höchst würdigen Ereignis, bei dem die Privatperson und die Angehöri-

gen ganz hinter dem Verleger zurücktraten … Ich will, Deí volente, Anfang Januar nach den U. S. zurück, zu den Söhnen und zu der Arbeit …
Ich finde es tröstlich, bald in Ihrer Nähe zu sein.
Ihre Helene

IV.
Freund, leb wohl

Sergej Jessenin
Freund, leb wohl

Freund, leb wohl. Mein Freund, Auf Wiedersehen.
Unverlorner, ich vergesse nichts.
Vorbestimmt, so wars, du weißt, dies Gehen.
Da's so war: ein Wiedersehn versprichts.

Hand und Wort? Nein, laß – wozu noch reden?
Gräm dich nicht und werd mir nicht so fahl.
Sterben –, nun, ich weiß, das hat es schon gegeben;
doch: auch Leben gabs ja schon einmal.

Bettina von Arnim
Bericht über den Selbstmord der Günderrode

Über die *Günderrode* ist mir am Rhein unmöglich zu schreiben, ich bin nicht so empfindlich, aber ich bin hier am Platz nicht weit genug vom Gegenstand ab, um ihn ganz zu übersehen; – gestern war ich da unten, wo sie lag; die Weiden sind so gewachsen, daß sie den Ort ganz zudecken; und wie ich mir so dachte, wie sie voll Verzweiflung hier herlief, und so rasch das gewaltige Messer sich in die Brust stieß, und wie das da tagelang in ihr gekocht hatte, und ich, die so nah mit ihr stand, jetzt an demselben Ort gehe hin und her an demselben Ufer, in süßem Überlegen meines Glückes, und alles und das Geringste, was mir begegnet, scheint mir mit zu dem Reichtum meiner Seligkeit zu gehören; da bin ich wohl nicht geeignet, jetzt alles zu ordnen und den einfachen Faden unseres Freundelebens, von dem ich doch nur alles anspinnen könnte, zu verfolgen. – Nein es kränkt mich und ich mache ihr Vorwürfe, wie ich ihr damals in Träumen machte, daß sie die schöne Erde verlassen hat; sie hätt noch lernen müssen, daß die Natur Geist und Seele hat und mit dem Menschen verkehrt und sich seiner und seines Geschickes annimmt und daß Lebensverheißungen in den Lüften uns umwehen; ja, sie hat's bös mit mir gemacht, sie ist mir geflüchtet, grade wie ich mit ihr teilen wollte alle Genüsse. … Wir lasen zusammen den Werther und sprachen viel über den Selbstmord; sie sagte: »Recht viel lernen, recht viel fas-

sen mit dem Geist und dann früh sterben; ich mag's nicht erleben, daß mich die Jugend verläßt.« …
Sie reiste ins Rheingau; von dort aus schrieb sie mir ein paarmal, wenig Zeilen; – ich hab sie verloren, sonst würde ich sie hier einschalten. Einmal schrieb sie: Ist man allein am Rhein, so wird man ganz traurig, aber mit mehreren zusammen, da sind grade die schauerlichsten Plätze am lustaufreizendsten, mir aber ist doch lieb, den weiten, gedehnten Purpurhimmel am Abend allein zu begrüßen; da dichte ich im Wandlen an einem Märchen; das will ich Dir vorlesen; ich bin jeden Abend begierig, wie es weitergeht, es wird manchmal recht schaurig und dann taucht es wieder auf. Da sie wieder zurückkam und ich das Märchen lesen wollte, sagte sie: es ist so traurig geworden, daß ich's nicht lesen kann; ich darf nichts mehr davon hören, ich kann es nicht mehr weiter schreiben: ich werde krank davon; und sie legte sich zu Bett und blieb liegen mehrere Tage, der Dolch lag an ihrem Bett; ich achtete nicht darauf, die Nachtlampe stand dabei, ich kam herein; Bettine, mir ist vor drei Wochen eine Schwester gestorben; sie war jünger als ich, Du hast sie nie gesehen; sie starb an der schnellen Auszehrung. – Warum sagst Du mir dies heute erst? fragte ich. – Nun, was könnte Dich dies interessieren? Du hast sie nicht gekannt, ich muß so was allein tragen, sagte sie mit trockenen Augen. Mir war dies doch etwas sonderbar, mir jungen Natur waren alle Geschwister so lieb, daß ich glaubte, ich würde verzweifeln müssen, wenn einer stürbe, und daß ich mein Leben für jeden gelassen hätte; sie fuhr fort: Nun denk! vor drei Nächten ist mir diese Schwester erschienen;

ich lag im Bett und die Nachtlampe brannte auf jenem Tisch; sie kam herein in weißem Gewand, langsam, und blieb an dem Tisch stehen; sie wendete den Kopf nach mir und senkte ihn und sah mich an; erst war ich erschrocken, aber bald war ich ganz ruhig, ich setzte mich im Bett auf, um mich zu überzeugen, daß ich nicht schlafe. Ich sah sie auch an und es war, als ob sie etwas bejahend nickte; und sie nahm dort den Dolch und hob ihn gen Himmel mit der rechten Hand, als ob sie mir ihn zeigen wolle und legte ihn wieder sanft und klanglos nieder; und dann nahm sie die Nachtlampe und hob sie auch in die Höhe und zeigte sie mir, und als ob sie mir bezeichnen wolle, daß ich sie verstehe, nickte sie sanft, führte die Lampe zu ihren Lippen und hauchte sie aus; denk nur, sagte sie voll Schauder, ausgeblasen; – und im Dunkel hatte mein Auge noch das Gefühl von ihrer Gestalt; und da hat mich plötzlich eine Angst befallen, die ärger sein muß, als wenn man mit dem Tod ringt; ja, denn ich wäre lieber gestorben, als noch länger diese Angst zu tragen …
Es vergingen vierzehn Tage, da kam Fritz Schlosser; er bat mich um ein paar Zeilen an die Günderrode, weil er ins Rheingau reisen werde, und wolle gern ihre Bekanntschaft machen. Ich sagte, daß ich mit ihr broulliert sei, ich bäte ihn aber, von mir zu sprechen und acht zu geben, was es für einen Eindruck auf sie mache. – Wann gehen Sie hin, sagte ich, morgen? – Nein, in acht Tagen. – O gehen Sie morgen, sonst treffen Sie sie nicht mehr; – am Rhein ist's so melancholisch, sagte ich scherzend, da könnte sie sich ein Leids antun; – Schlosser sah mich ängstlich an. – Ja, ja, sagt ich mutwillig, sie stürzt sich ins Was-

ser oder sie ersticht sich aus bloßer Laune. – Freveln Sie nicht, sagte Schlosser, und nun frevelte ich erst recht: Geben Sie acht, Schlosser, Sie finden sie nicht mehr, wenn Sie nach alter Gewohnheit zögern, und ich sage Ihnen, gehen Sie heute lieber wie morgen und retten Sie sie vor unzeitiger melancholischer Laune. – Und im Scherz beschrieb ich sie, wie sie sich umbringen werde im roten Kleid, mit aufgelöstem Schnürband, dicht unter der Brust die Wunde; das nannte man tollen Übermut von mir, es war aber bewußtloser Überreiz, indem ich die Wahrheit vollkommen genau beschrieb. – Am andern Tag kam Franz und sagte: Mädchen, wir wollen ins Rheingau gehen, da kannst Du die Günderrode besuchen. – Wann? fragte ich. – Morgen, sagte er; – ach, ich packte mit Übereile ein, ich konnte kaum erwarten, daß wir gingen; alles, was ich begegnete, schob ich hastig aus dem Weg, aber es vergingen mehrere Tage und es ward die Reise immer verschoben; endlich, da war meine Lust zur Reise in tiefe Trauer verwandelt, und ich wär lieber zurückgeblieben. –

Da wir in Geisenheim ankamen, wo wir übernachteten, lag ich im Fenster und sah ins mondbespiegelte Wasser; meine Schwägerin Toni saß am Fenster; die Magd, die den Tisch deckte, sagte: Gestern hat sich auch eine junge schöne Dame, die schon sechs Wochen hier sich aufhielt, bei Winkel umgebracht; sie ging am Rhein spazieren ganz lang, dann lief sie nach Hause, holte ein Handtuch; am Abend suchte man sie vergebens; am andern Morgen fand man sie am Ufer unter Weidenbüschen, sie hatte das Handtuch voll Steine gesammelt und sich um den

Hals gebunden, wahrscheinlich weil sie sich in den Rhein versenken wollte, aber da sie sich ins Herz stach, fiel sie rückwärts, und so fand sie ein Bauer am Rhein liegen unter den Weiden an einem Ort, wo es am tiefsten ist. Er riß ihr den Dolch aus dem Herzen, und schleuderte ihn voll Abscheu weit in den Rhein, die Schiffer sahen ihn fliegen, – da kamen sie herbei und trugen sie in die Stadt. –
Ich hatte im Anfang nicht zugehört, aber zuletzt hört ichs mit an und rief: das ist die Günderrode! Man redete mirs aus und sagte, es sei wohl eine andere, da soviel Frankfurter im Rheingau waren. Ich ließ mirs gefallen und dachte: gerade was man prophezeihe, sei gewöhnlich nicht wahr. – In der Nacht träumte mir, sie käme mir auf einem mit Kränzen geschmückten Nachen entgegen, um sich mit mir zu versöhnen; ich sprang aus dem Bett in des Bruders Zimmer und rief: Es ist alles nicht wahr, eben hat mirs lebhaft geträumt! Ach, sagte der Bruder, baue nicht auf Träume! – Ich träumte noch einmal, ich sei eilig in einem Kahn über den Rhein gefahren, um sie zu suchen; da war das Wasser trüb und schilfig, und die Luft war dunkel und es war sehr kalt; – ich landete an einem sumpfigen Ufer, da war ein Haus mit feuchten Mauern, aus dem schwebte sie hervor und sah mich ängstlich an und deutete mir, daß sie nicht sprechen könne; – ich lief wieder zum Schlafzimmer der Geschwister und rief: Nein, es ist gewiß wahr, denn mir hat geträumt, daß ich sie gesehen habe, und ich hab gefragt: Günderrode, warum hast Du mir dies getan? Und da hat sie geschwiegen und hat den Kopf gesenkt, und hat sich traurig nicht verantworten können.

Nun überlegte ich im Bett alles und besann mich, daß sie mir früher gesagt hatte, sie wolle sich erst mit mir entzweien, eh sie diesen Entschluß ausführen werde; nun war mir unsre Trennung erklärt, auch daß sie mir ein Zeichen geben werde, wenn ihr Entschluß reif sei; – das war also die Geschichte von ihrer toten Schwester, die sie mir ein halb Jahr früher mitteilte; da war der Entschluß schon gefaßt. – O ihr großen Seelen, dieses Lamm in seiner Unschuld, dieses junge zaghafte Herz, welche ungeheure Gewalt hat es bewogen, so zu handeln? Am andern Morgen fuhren wir bei früher Zeit auf dem Rhein weiter. – Franz hatte befohlen, daß das Schiff jenseits sich halten solle, um zu vermeiden, daß wir dem Platz zu nahe kämen, aber dort stand der Fritz Schlosser am Ufer, und der Bauer, der sie gefunden, zeigte ihm, wo der Kopf gelegen hatte und die Füße und daß das Gras noch nieder liege, – und der Schiffer lenkte unwillkürlich dorthin, und Franz bewußtlos sprach im Schiff alles dem Bauer nach, was er in der Ferne verstehen konnte, und da mußte ich denn mit anhören die schauderhaften Bruchstücke der Erzählung vom roten Kleid, das aufgeschnürt war, und der Dolch, den ich so gut kannte, und das Tuch mit Steinen um ihren Hals, und die breite Wunde; – aber ich weinte nicht, ich schwieg. – Da kam der Bruder zu mir und sagte: sei stark, Mädchen. – Wir landeten in Rüdesheim; überall erzählte man sich die Geschichte; ich lief in Windesschnelle an allen vorüber, den Ostein hinauf eine halbe Stunde bergan, ohne auszuruhen; – oben war mir der Atem vergangen, mein Kopf brannte, ich war den andern weit voraus geeilt. – Da lag der herrliche Rhein mit seinem smaragdnen Schmuck der Inseln; da sah ich die Ströme von allen Seiten dem Rhein zufließen und die reichen friedlichen Städte an beiden Ufern und die gesegneten Gelände an beiden Seiten; da fragte ich mich, ob mich die Zeit über diesen Verlust beschwichtigen werde, und da war auch der Entschluß gefaßt, kühn mich über den Jammer herauszuschwingen, denn es schien mir unwürdig, Jammer zu äußern, den ich einstens beherrschen könne.

Hugo von Hofmannsthal
Terzinen
Über Vergänglichkeit

I

Noch spür ich ihren Atem auf den Wangen:
Wie kann das sein, daß diese nahen Tage
Fort sind, für immer fort, und ganz vergangen?

Dies ist ein Ding, das keiner voll aussinnt,
Und viel zu grauenvoll, als daß man klage:
Daß alles gleitet und vorüberrinnt

Und daß mein eignes Ich, durch nichts gehemmt,
Herüberglitt aus einem kleinen Kind
Mir wie ein Hund unheimlich stumm und fremd.

Dann: daß ich auch vor hundert Jahren war
Und meine Ahnen, die im Totenhemd,
Mit mir verwandt sind wie mein eignes Haar,

So eins mit mir als wie mein eignes Haar.

Rainer Maria Rilke
Requiem
Für eine Freundin

Ich habe Tote, und ich ließ sie hin
und war erstaunt, sie so getrost zu sehn,
so rasch zuhaus im Totsein, so gerecht,
so anders als ihr Ruf. Nur du, du kehrst
zurück; du streifst mich, du gehst um, du willst
an etwas stoßen, daß es klingt von dir
und dich verrät. O nimm mir nicht, was ich
langsam erlern. Ich habe recht; du irrst,
wenn du gerührt zu irgend einem Ding
ein Heimweh hast. Wir wandeln dieses um;
es ist nicht hier, wir spiegeln es herein
aus unserm Sein, sobald wir es erkennen.
  Ich glaubte dich viel weiter. Mich verwirrts,
daß *du* gerade irrst und kommst, die mehr
verwandelt hat als irgend eine Frau.
Daß wir erschraken, da du starbst, nein, daß
dein starker Tod uns dunkel unterbrach,
das Bisdahin abreißend vom Seither:
das geht uns an; das einzuordnen wird
die Arbeit sein, die wir mit allem tun.
Doch daß du selbst erschrakst und auch noch jetzt
den Schrecken hast, wo Schrecken nicht mehr gilt;
daß du von deiner Ewigkeit ein Stück
verlierst und hier hereintrittst, Freundin, hier,
wo alles noch nicht *ist;* daß du zerstreut,
zum ersten Mal im All zerstreut und halb,
den Aufgang der unendlichen Naturen
nicht so ergriffst wie hier ein jedes Ding;

daß aus dem Kreislauf, der dich schon empfing,
die stumme Schwerkraft irgend einer Unruh
dich niederzieht zur abgezählten Zeit –:
dies weckt mich nachts oft wie ein Dieb,
der einbricht.
Und dürft ich sagen, daß du nur geruhst,
daß du aus Großmut kommst, aus Überfülle,
weil du so sicher bist, so in dir selbst,
daß du herumgehst wie ein Kind, nicht bange
vor Örtern, wo man einem etwas tut –:
doch nein: du bittest. Dieses geht mir so
bis ins Gebein und querrt wie eine Säge.
Ein Vorwurf, den du trügest als Gespenst,
nachtrügest mir, wenn ich mich nachts zurückzieh
in meine Lunge, in die Eingeweide,
in meines Herzens letzte ärmste Kammer, –
ein solcher Vorwurf wäre nicht so grausam,
wie dieses Bitten ist. Was bittest du?
Sag, soll ich reisen? Hast du irgendwo
ein Ding zurückgelassen, das sich quält
und das dir nachwill? Soll ich in ein Land,
das du nicht sahst, obwohl es dir verwandt
war wie die andre Hälfte deiner Sinne?
Ich will auf seinen Flüssen fahren, will
an Land gehn und nach alten Sitten fragen,
will mit den Frauen in den Türen sprechen
und zusehn, wenn sie ihre Kinder rufen.
Ich will mir merken, wie sie dort die Landschaft
umnehmen draußen bei der alten Arbeit
der Wiesen und der Felder; will begehren,
vor ihren König hingeführt zu sein,
und will die Priester durch Bestechung reizen,
daß sie mich legen vor das stärkste Standbild

und fortgehn und die Tempeltore schließen.
Dann aber will ich, wenn ich vieles weiß,
einfach die Tiere anschaun, daß ein Etwas
von ihrer Wendung mir in die Gelenke
herübergleitet; will ein kurzes Dasein
in ihren Augen haben, die mich halten
und langsam lassen, ruhig, ohne Urteil.
Ich will mir von den Gärtnern viele Blumen
hersagen lassen, daß ich in den Scherben
der schönen Eigennamen einen Rest
herüberbringe von den hundert Düften.
Und Früchte will ich kaufen, Früchte, drin
das Land noch einmal ist, bis an den Himmel.

Denn Das verstandest du: die vollen Früchte.
Die legtest du auf Schalen vor dich hin
und wogst mit Farben ihre Schwere auf.
Und so wie Früchte sahst du auch die Fraun
und sahst die Kinder so, von innen her
getrieben in die Formen ihres Daseins.
Und sahst dich selbst zuletzt wie eine Frucht,
nahmst dich heraus aus deinen Kleidern, trugst
dich vor den Spiegel, ließest dich hinein
bis auf dein Schauen; das blieb groß davor
und sagte nicht: das bin ich; nein: dies ist.
So ohne Neugier war zuletzt dein Schaun
und so besitzlos, von so wahrer Armut,
daß es dich selbst nicht mehr begehrte: heilig.

So will ich dich behalten, wie du dich
hinstelltest in den Spiegel, tief hinein
und fort von allem. Warum kommst du anders?
Was widerrufst du dich? Was willst du mir
einreden, daß in jenen Bernsteinkugeln
um deinen Hals noch etwas Schwere war

von jener Schwere, wie sie nie im Jenseits
beruhigter Bilder ist; was zeigst du mir
in deiner Haltung eine böse Ahnung;
was heißt dich die Konturen deines Leibes
auslegen wie die Linien einer Hand,
daß ich sie nicht mehr sehn kann ohne Schicksal?
  Komm her ins Kerzenlicht. Ich bin nicht bang,
die Toten anzuschauen. Wenn sie kommen,
so haben sie ein Recht, in unserm Blick
sich aufzuhalten, wie die andern Dinge.
  Komm her; wir wollen eine Weile still sein.
Sieh diese Rose an auf meinem Schreibtisch;
ist nicht das Licht um sie genauso zaghaft
wie über dir: sie dürfte auch nicht hier sein.
Im Garten draußen, unvermischt mit mir,
hätte sie bleiben müssen oder hingehn, –
nun währt sie so: was ist ihr mein Bewußtsein?

Erschrick nicht, wenn ich jetzt begreife, ach,
da steigt es in mir auf: ich kann nicht anders,
ich muß begreifen, und wenn ich dran stürbe.
Begreifen, daß du hier bist. Ich begreife.
Ganz wie ein Blinder rings ein Ding begreift,
fühl ich dein Los und weiß ihm keinen Namen.
Laß uns zusammen klagen, daß dich einer
aus deinem Spiegel nahm. Kannst du noch weinen?
Du kannst nicht. Deiner Tränen Kraft und Andrang
hast du verwandelt in dein reifes Anschaun
und warst dabei, jeglichen Saft in dir
so umzusetzen in ein starkes Dasein,
das steigt und kreist, im Gleichgewicht und
blindlings.
Da riß ein Zufall dich, dein letzter Zufall

riß dich zurück aus deinem fernsten Fortschritt
in eine Welt zurück, wo Säfte *wollen.*
Riß dich nicht ganz; riß nur ein Stück zuerst,
doch als um dieses Stück von Tag zu Tag
die Wirklichkeit so zunahm, daß es schwer ward,
da brauchtest du dich ganz: da gingst du hin
und brachst in Brocken dich aus dem Gesetz
mühsam heraus, weil du dich brauchtest. Da
trugst du dich ab und grubst aus deines Herzens
nachtwarmem Erdreich die noch grünen Samen,
daraus dein Tod aufkeimen sollte: deiner,
dein eigner Tod zu deinem eignen Leben.
Und aßest sie, die Körner deines Todes,
wie alle andern, aßest seine Körner,
und hattest Nachgeschmack in dir von Süße,
die du nicht meintest, hattest süße Lippen,
du: die schon innen in den Sinnen süß war.
O laß uns klagen. Weißt du, wie dein Blut
aus einem Kreisen ohnegleichen zögernd
und ungern wiederkam, da du es abriefst?
Wie es verwirrt des Leibes kleinen Kreislauf
noch einmal aufnahm; wie es voller Mißtraun
und Staunen eintrat in den Mutterkuchen
und von dem weiten Rückweg plötzlich müd war.
Du triebst es an, du stießest es nach vorn,
du zerrtest es zur Feuerstelle, wie
man eine Herde Tiere zerrt zum Opfer;
und wolltest noch, es sollte dabei froh sein.
Und du erzwangst es schließlich: es war froh
und lief herbei und gab sich hin. Dir schien,
weil du gewohnt warst an die andern Maße,
es wäre nur für eine Weile; aber
nun warst du in der Zeit, und Zeit ist lang.

Und Zeit geht hin, und Zeit nimmt zu, und Zeit
ist wie ein Rückfall einer langen Krankheit.

Wie war dein Leben kurz, wenn du's vergleichst
mit jenen Stunden, da du saßest und
die vielen Kräfte deiner vielen Zukunft
schweigend herabbogst zu dem neuen Kindkeim,
der wieder Schicksal war. O wehe Arbeit.
O Arbeit über alle Kraft. Du tatest
sie Tag für Tag, du schlepptest dich zu ihr
und zogst den schönen Einschlag aus dem Webstuhl
und brauchtest alle deine Fäden anders.
Und endlich hattest du noch Mut zum Fest.

Denn da's getan war, wolltest du belohnt sein,
wie Kinder, wenn sie bittersüßen Tee
getrunken haben, der vielleicht gesund macht.
So lohntest du dich: denn von jedem andern
warst du zu weit, auch jetzt noch; keiner hätte
ausdenken können, welcher Lohn dir wohltut.
Du wußtest es. Du saßest auf im Kindbett,
und vor dir stand ein Spiegel, der dir alles
ganz wiedergab. Nun war das alles *Du*
und ganz *davor*, und drinnen war nur Täuschung,
die schöne Täuschung jeder Frau, die gern
Schmuck umnimmt und das Haar kämmt und
verändert.

So starbst du, wie die Frauen früher starben,
altmodisch starbst du in dem warmen Hause
den Tod der Wöchnerinnen, welche wieder
sich schließen wollen und es nicht mehr können,
weil jenes Dunkel, das sie mitgebaren,
noch einmal wiederkommt und drängt und eintritt.

Ob man nicht dennoch hätte Klagefrauen
auftreiben müssen? Weiber, welche weinen
für Geld, und die man so bezahlen kann,
daß sie die Nacht durch heulen, wenn es still wird.
Gebräuche her! wir haben nicht genug
Gebräuche. Alles geht und wird verredet.
So mußt du kommen, tot, und hier mit mir
Klagen nachholen. Hörst du, daß ich klage?
Ich möchte meine Stimme wie ein Tuch
hinwerfen über deines Todes Scherben
und zerrn an ihr, bis sie in Fetzen geht,
und alles, was ich sage, müßte so
zerlumpt in dieser Stimme gehn und frieren;
blieb es beim Klagen. Doch jetzt klag ich an:
den Einen nicht, der dich aus dir zurückzog,
(ich find ihn nicht heraus, er ist wie alle)
doch alle klag ich in ihm an: den Mann.

Wenn irgendwo ein Kindgewesensein
tief in mir aufsteigt, das ich noch nicht kenne,
vielleicht das reinste Kindsein meiner Kindheit:
ich wills nicht wissen. Einen Engel will
ich daraus bilden ohne hinzusehn
und will ihn werfen in die erste Reihe
schreiender Engel, welche Gott erinnern.

Denn dieses Leiden dauert schon zu lang,
und keiner kanns; es ist zu schwer für uns,
das wirre Leiden von der falschen Liebe,
die, bauend auf Verjährung wie Gewohnheit,
ein Recht sich nennt und wuchert aus dem Unrecht.
Wo ist ein Mann, der Recht hat auf Besitz?
Wer kann besitzen, was sich selbst nicht hält,
was sich von Zeit zu Zeit nur selig auffängt

und wieder hinwirft wie ein Kind den Ball.
So wenig wie der Feldherr eine Nike
festhalten kann am Vorderbug des Schiffes,
wenn das geheime Leichtsein ihrer Gottheit
sie plötzlich weghebt in den hellen Meerwind:
sowenig kann einer von uns die Frau
anrufen, die uns nicht mehr sieht und die
auf einem schmalen Streifen ihres Daseins
wie durch ein Wunder fortgeht, ohne Unfall:
er hätte denn Beruf und Lust zur Schuld.
Denn *das* ist Schuld, wenn irgendeines Schuld ist:
die Freiheit eines Lieben nicht vermehren
um alle Freiheit, die man in sich aufbringt.
Wir haben, wo wir lieben, ja nur dies:
einander lassen; denn daß wir uns halten,
das fällt uns leicht und ist nicht erst zu lernen.
Bist du noch da? In welcher Ecke bist du? –
Du hast so viel gewußt von alledem
und hast so viel gekonnt, da du so hingingst
für alles offen, wie ein Tag, der anbricht.
Die Frauen leiden: lieben heißt allein sein,
und Künstler ahnen manchmal in der Arbeit,
daß sie verwandeln müssen, wo sie lieben.
Beides begannst du; beides ist in Dem,
was jetzt ein Ruhm entstellt, der es dir fortnimmt.
Ach du warst weit von jedem Ruhm. Du warst
unscheinbar; hattest leise deine Schönheit
hineingenommen, wie man eine Fahne
einzieht am grauen Morgen eines Werktags,
und wolltest nichts, als eine lange Arbeit, –
die nicht getan ist: dennoch nicht getan.
Wenn du noch da bist, wenn in diesem Dunkel
noch eine Stelle ist, an der dein Geist

empfindlich mitschwingt auf den flachen Schallwelln,
die eine Stimme, einsam in der Nacht,
aufregt in eines hohen Zimmers Strömung:
So hör mich: Hilf mir. Sieh, wir gleiten so,
nicht wissend wann, zurück aus unserm Fortschritt
in irgendwas, was wir nicht meinen; drin
wir uns verfangen wie in einem Traum
und drin wir sterben, ohne zu erwachen.
Keiner ist weiter. Jedem, der sein Blut
hinaufhob in ein Werk, das lange wird,
kann es geschehen, daß ers nicht mehr hochhält
und daß es geht nach seiner Schwere, wertlos.
Denn irgendwo ist eine alte Feindschaft
zwischen dem Leben und der großen Arbeit.
Daß ich sie einseh und sie sage: hilf mir.
  Komm nicht zurück. Wenn du's erträgst, so sei
tot bei den Toten. Tote sind beschäftigt.
Doch hilf mir so, daß es dich nicht zerstreut,
wie mir das Fernste manchmal hilft: in mir.

Thomas Mann
In memoriam Hugo von Hofmannsthal

Er losch auf einmal aus so wie ein Licht.
Wir trugen alle wie von einem Blitz
Den Widerschein als Blässe im Gesicht.

Ihr Telegramm geht mich um einige Zeilen an über Ihren und unseren edlen Toten, um einen Beitrag zur publizistischen Trauerfeier, einen Nekrolog. Ich werde Ihnen schlecht dienen können. Mein Herz ist zu tränenvoll, als daß jetzt Worte daraus hervorgehen könnten, und die Gedanken zu vertieft und hingelöst in ein unendliches Gefühl des Lebens, des Todes, des Schicksals und der Freundschaft, als daß ich mich ihrer bemeistern könnte und möchte. Viele Federn regen sich jetzt zu seinen Ehren, und seit gestern, seit ich glauben und als Wirklichkeit zu verstehen gelernt habe, was die Natur, der Lebenstrieb selbst während verstörter Minuten anzunehmen sich sträubte, mag ich nichts lesen, als was von ihm handelt, von diesem Bruder in der Zeit, der nun aus der Zeit gegangen, von seinen letzten Tagen und Stunden, und was sein Sohn über die Tat des anderen und über den Vater mitzuteilen weiß …

Als er das letzte Mal hier bei mir war, vor wenigen Wochen, hatte er, zurück von einer Autotour nach Italien, von der er erfüllt war, einige Tage mit Grippe im Hotel gelegen, und man sah es ihm an. Er schien gealtert, grau geworden, seine Gesichtsfarbe war nicht die beste. Aber sein Wesen war von einer Wärme, Liebenswürdigkeit und Anmut, daß keine Besorgnis seines Äußeren wegen aufkommen mochte und ich mich glücklich an meine erste Begegnung mit ihm erinnert fand: vor mehr als zwanzig Jahren, als ich ihn zuerst in Rodaun besuchte und in dem schönen, fast bühnenbildhaften Barocksalon seines Heims, der den Blick auf den Gartenplatz gewährt, wo er ›Elektra‹ geschrieben, zuerst den Reiz seines Gesprächs erfuhr. Ohnedies hingenommen von der Atmosphäre Wiens, dem Älteren, Milderen, Holderen, das den Norddeutschen, im bäuerlichen München Angesiedelten daraus ansprach, war ich bezaubert von der Konzentration dieser Kultur in der Person ihres Dichters. Ich verbrachte den Tag mit ihm, ich ging neben ihm durch seine Landschaft, er las mir in seinem Arbeitszimmer, wo ich eine geistvolle Plastik von Minne bewunderte, aus Lustspielentwürfen vor. Das erste Mal. Die Meinen bestätigen mir mein Entzücken von damals. Briefe und fast alljährlich wiederkehrende Begegnungen in München, Salzburg, Wien haben seitdem geistig-menschliche Beziehungen unterhalten, die nun ins Ewige gelöst sind. Habe ich sie nach ihrem Wert zu schätzen gewußt? Wie der Mensch das Leben schätzt, solang es im Fleische ist, noch unerlöst. Traurig-merkwürdig genug, wie die Materie uns die Aussicht aufs Ewige verstellt. Unsere Einbildungskraft reicht nicht aus, oder sie gibt sich nicht dazu her, uns das Irdische im Licht des Todes erblicken zu lassen, da doch nur dieses Licht uns seinen Wert erkennbar machen würde. Ich habe nicht gewußt, wie Hofmannsthals Hingang mich schmerzen würde, noch habe ich ganz verstanden, was uns zusammenführte und durch die Jahrzehnte zusammenhielt. Das Wort »Freundschaft« bedürfte heute seiner Genehmigung. Aber trotz aller Unterschiede der Geburt, der Überlieferung und Lebensstimmung nenne ich, sehend gemacht durch den Tod, die Wahrheit bei Namen, wenn ich von Brüderlichkeit, von Schicksalsverwandtschaft spreche. Wären wir beide weniger »schwierig« gewesen! – …

Er hat die Idee des Todes geliebt zusammen mit der Schönheit, mit der der Vornehmheit – so war es wohl österreichisch. Der Tod ist gegenwärtig in all seiner Dichtung, auch in der heiteren, und schon der Jüngling, der geistesprinzliche Knabe hat ihn im Vers »einen großen Gott der Seele« genannt. Jede melodische und anmutsvolle Wendung seiner Prosa, seines Dialogs, seiner Lyrik ist durchtränkt von Todesschönheit. Ja, der Tod ist Schönheit und Melodie, solange die Jugend bei ihm ist, die Lebenskraft. Weicht sie von ihm, steht er zuletzt in seiner Wahrheit da, so ist er grauenvoll, das sprachlose Untergehen, ein Abgrund von Bitternis.

Nein, das ist nicht seine letzte Wahrheit. Im nächsten Augenblick ist er die Verklärung, die Reinigung vom Irdischen, die Wiederherstellung.

»Der Verewigte«. Dieser Abschied läßt uns das Wort begreifen, wie noch nie. Ich las, als er tot auf dem Ruhebett seines Arbeitszimmers lag, sei sein Antlitz befriedigt und verjüngt erschienen. Warum erschütterte mich das so tief, dies »verjüngt«? Man hat ihn in den letzten Jahren sagen hören: »Nach ›Der Abenteurer und die Sängerin‹ hätte ich sterben sollen. Ich hätte dann eine runde Biographie gehabt.« Er sagte das, um das Wort der Mitwelt von den Lippen zu nehmen, wo er es glaubte zögernd schweben zu sehen. Er konnte es nicht meinen, nicht sein

Leben verneinen, denn er lebte ja. Und wer überwände sich, dem Worte zuzustimmen? Wer wagte es, zu wünschen, dieser Jüngling hätte nicht Mann werden und altern mögen und es gäbe die Essays und Reden voll zauberhafter Klugheit, die Lustspiele und Opern voll klugen Zaubers, eine Welt der Bildung und Schönheit nicht? Und doch, wenn er nach den Gedichten und ersten lyrischen Spielen gestorben wäre, es ist wahr, er wäre ein Gott gewesen, unendliche Sehnsucht und Hoffnung wären ihm nachgefolgt, sie hätte ihn, ein Jünglingsbild ewigen Reizes, unter die Sterne versetzt.

Er blieb unter uns, lebte, stritt, alterte und formte, von Zeit zu Zeit das Höchste berührend, aus dem Kennerreichtum seines sublimen Geistes die Schätze, die uns bleiben. Nun starb er, und daß, wie es heißt, der Tod dies gealterte Antlitz verjüngte, das läßt ihn uns als den Herrn der Wahrheit und als Erlöser erkennen. Verewigung – Entalterung. Ein Jüngling wieder, in ewiger Anmut, geht Hugo von Hofmannsthal ins Reich der Unsterblichen ein.

Federico García Lorca
IV
Abwesende Seele

Nicht kennen dich Stier und nicht Feigbaum,
nicht Rosse, nicht Emsen deines Hauses.
Nicht der Nachmittag kennt dich, das Kind nicht,
denn gestorben bist du für immer.

Nicht kennt dich der Rücken des Steines,
nicht der schwarze Atlas, darin du zerfällst.
Nicht kennt dich dein stummes Erinnern,
denn gestorben bist du für immer.

Der Herbst wird kommen mit Muscheln,
mit Nebeltraube, sich scharenden Bergen,
doch niemand will sehn deine Augen,
denn gestorben bist du für immer.

Denn gestorben bist du für immer,
wie alle Toten der Erde,
wie alle Toten – vergessen
in einem Haufen verendeter Hunde.

Dich kennt niemand. Nein. Doch ich sing dich.
Ich sing dein Profil, deine Anmut, für später.
Die bedeutende Reife deiner Erkenntnis.
Dein Sehnen nach Tod, dem Geschmack seines
Mundes.
Die Melancholie deiner tapferen Freude.

Lang wird es währen bis zur Geburt, wird je er
geboren,
eines Andalusiers, so lauter, an Wagnis so reich.
Seine Feinheit sing ich mit Worten, die seufzen,
und gedenk einer traurigen Brise in den Oliven.

Anna Achmatowa
Michail Soschtschenko

Einer Stimme entfernte Laute,
Aber niemand ist ringsum zu sehn.
In die Erde, die schwarze, vertraute,
Wird dein Körper zur Ruhe gehn.
Kein Fels, keine Trauerweiden
Für die Asche, die Schatten sucht;
Es werden nur kommen und weinen
Die Winde der Meeresbucht …

Sommer 1958 · Komarowo

Ludwig Hohl
Abendlicher Gang

Als ich endlich den Eingang des kleinen Friedhofs von Avon [bei Fontainebleau, ca. 50 km von Paris] gefunden hatte, durch eine lehmige, verlassene Straße, schmale Seitenstraße, bei schlechtem Wetter, kurz vor der Dämmerung, immer mit etwas Furcht, ich könnte zu spät sein und das Tor schon geschlossen, traf ich dieses offen, daneben ein an ein Gefängnis erinnerndes kleines Haus und vor diesem eine alte Frau, an die ich, immer etwas unsicher, mich wandte. Der Friedhof sei doch nicht geschlossen? [Zwar stand ich, während ich dies sagte, eigentlich schon drin, aber der Friedhof konnte ja dennoch der Form nach schon geschlossen sein – zumal ich keine Besucher mehr sah – und ich, wenn ich weiter vorrückte, von einem Angestellten barsch hinausgewiesen werden, oder auch übersehen und eingeschlossen.] O nein, natürlich nicht! antwortete sie, fast als ob ich ein Ansinnen, das Entrüstung verdiene, vorgebracht hätte. – Ob sie mir sagen könne, wo die Gräber von 1923 seien? Wisse ich, antwortete die Frau, sie sei nicht vom Friedhof; und fast zugleich rief sie mit lauter Stimme einen weiblichen Vornamen und »es ist jemand da!« Ich entschuldigte mich; derweilen nahte eine dicke Frau, von außen, und zwar im Laufschritt. Ich wiederholte meine Frage, sie aber antwortete: »Wen suchen Sie?« [Das wird schön werden, dachte ich.] Mit wenig Sicherheit, aber so deutlich wie möglich [denn ich nahm als fast gewiß an, sie werde den Namen nicht einmal verstehen] sagte ich … den Namen. [Mir war dabei wie einem, der sich auf einen gefährlichen Grat hinauswagt.] Welch seltsame Überraschung geschah? »Oh, Katherine Mansfield! Das ist dort, sehen Sie, ich will es Ihnen zeigen ...« Heute gebe ich mir Rechenschaft darüber, worin das Überraschende und Seltsame bestand: Zum erstenmal löste dieser Name in der äußern Welt eine Wirkung aus, die Sache hatte sozusagen ein neues Stadium der Realität gewonnen; ich hatte sie bisher nur im Gebiet des Literarischen, in meinen innern Räumen gekannt; sie war ebenso fern allem Greifbaren um mich, dem, was man gemeinhin »Leben« nennt, geblieben, wie die Sache Montaigne oder Spinoza: Und nun auf einmal begann ein Dasein in der äußern Wirklichkeit; mir war wie einem, der am Billettschalter den Namen eines fernen Ortes, den man nur aus Beschreibungen und aus der Phantasie kennt, ausspricht und der daraufhin ohne weiteres eine Fahrkarte erhält, auf der der Name, vielleicht Rom oder Paris, geschrieben steht, eine Fahrkarte, die ihm Zutritt zu dem Zuge erlaubt, der ihn ohne Zweifel auf ebenso automatische Weise nach dem genannten Ort führen wird, dem Orte, der also wirklich auf der Erde existiert ...

Die zweite Frau, die alte, die »nicht vom Friedhof« war, redete derweilen ebenfalls: »Oh, wenn es das ist, *das hätte ich auch gewußt.*« Warum machte mir dieser Satz einen eigentlich ergreifenden Eindruck? Als ob in gedrückte Finsternis ein unendliches Licht sickerte? War es der Ruhm? Der Umstand, daß doch offenbar jemand sich um das Grab kümmerte, daß Leute kamen [denn durch die Literaturgeschichte konnten ja wohl diese zwei ländlichen Frauen nicht

auf das Grab aufmerksam gemacht worden sein]? Ich meine auch noch, daß die Alte hinzufügte: »Es ist das einzige Grab, das ich kenne«, bin aber nicht mehr ganz sicher, ob sie diese Worte wirklich aussprach, oder ob nur der Ton der Rede sie mich nachträglich dazu erfinden ließ. – Unterdessen erklärte die Wärterin, die Hand ausstreckend:
»Sehen Sie dort unten, fast am Ende, das grüne Bäumchen, das einzige, das hellgrün ist? Gut. Das dritte Grab von diesem Baum an, das ist es. Es ist ein flacher Stein, sehen Sie, wie dieser hier. Das dritte Grab vom Baum an, Sie sehen es sogleich.« Ich dankte und machte mich auf den Weg; mir war seltsam zumute, ein wenig wie einem Sieger, aber noch ganz anders; ich befand mich in einem Gemisch von exaltierten Stimmungen, worunter das Gefühl naher Befreiung und hoher Erwartung waren, das ich jedoch als Ganzes nicht beschreiben kann.
Als ich etwa eine Minute oder zwei gegangen war, kam ich in die Nähe des grünen Bäumchens – fast am Ende des länglichen, schmalen, ärmlichen Friedhofes – und erlebte den zweiten Augenblick außerordentlicher Erregung, den größten. Das geschah bei dem Gedanken, durch den Gedanken: Von einem Moment zum andern kann jetzt der Name, in einen Stein gehauen, dein Auge treffen. Schon meinte ich einmal ihn zu sehen ..., aber es war nicht der richtige Stein [ich hatte auch den Namen darauf noch gar nicht gelesen] und so ging ich weiter, mich allmählich erholend von meinem heftigen Herzklopfen. Dann mußte ich noch eine halbe oder eine ganze Minute suchen, bis ich ihn wirklich erblickte, ganz ruhig nun, ja ungemein still und ruhig,

den gelbgrauen, ganz niedrigen Stein erblickte und den Namen darauf las.
Ich war nun zwar weit draußen im Meer, aber nach allen Brandungen, es war ganz still. – Es kam nun noch darauf an, alles genau zu beobachten. Ich forderte mich auf dazu: Denn alles war so ruhig in mir, um mich, ich fand in solchem Maße alles, wie es sein muß, daß ich vielleicht gar keine Bewegungen mehr gemacht hätte, auch nicht mehr jene der Augen, die es brauchte, um weitere Einzelheiten wahrzunehmen. Keine Rede konnte sein von Schmerzlichkeit; ich war allein von jenem freudigen Weh erfüllt – oder jener wehartigen Freudigkeit –, von dem schon dann und wann geredet wurde ohne daß man auch nur einen richtigen Namen fand und welches man ebensogut innere Melodie nennen könnte. Ich fühlte: hier bist du abgeschieden von aller Welt. Ich sah, daß ich noch nie bewußt an einem Grab gewesen war, dachte, daß ich vielleicht nie mehr an einem stehen werde. Und ich dachte: hier ist also der Ort, wo du eigentlich *wohnen* solltest. »Das ist also der äußerlich sichtbare [auch *äußerlich* sichtbare] *reale* Ort. Weiter kannst du auf der Welt nirgends gehen, wohin du auch gehest.« Derartiges ungefähr. – Um mich war ein ziemlich wüster Friedhof, alles war lehmig und grau, das Wetter regnerisch, die Dämmerung eines häßlichen Märzsonntags hatte begonnen. Nie in meinem Leben, auf keinem Berg, unter keinen schimmernden Gletschertoren und an keinem mit jenseitiger Macht strahlenden südlichen Meer hatte ich mich mit dem Wetter, mit allen Dingen und mit der Welt so im Einklang gefühlt! Ich hätte mit jedem der daliegenden vernachlässigten Steine,

mit jeder faulenden Blume ohne Mühe freundlich reden können. »Hier ist alles da.« Die Zeit stand still. – Es kam aber auf genaue Beobachtung an. Der Stein, eine liegende, rechteckige Platte ohne irgend ein Ornament, etwa eine Handlänge sich über den Boden erhebend, war von schmutzigem Hellgelb; einem ins Graue gehenden Gelb; ein gewöhnlicher, der richtige Stein. Ein Stein, weil eben ein Stein da sein muß. Darunter hatte man die Leiche begraben. Das alles mußte ich mir genau vergegenwärtigen, das Wahrnehmbare wahrnehmen. – Es kamen mir einen Moment lang auch Zweifel, ob man denn sicher die richtige Leiche hier bestattet habe, hatte nicht eine Fälschung oder ein Irrtum vorkommen können? Diese Zweifel ließ ich dann, als entweder unnötig oder unwichtig, fallen. Es kam überhaupt nicht darauf an, ob die richtige körperliche Leiche hier begraben lag. Doch, es mußte doch sicher sein. Dann spürte ich auch: Ja, es ist ganz sicher. Hier hat man das wunderbare Mädchen begraben, als es gestorben war, klein und dünn. Denn sie *ist* gestorben. Wir sterben alle, und zwar ziemlich bald. – Dann zeichnete ich so genau wie möglich Stein und Aufschrift. Die Worte lauteten, in dieser Anordnung:

KATHERINE MANSFIELD
WIFE OF
JOHN MIDDLETON MURRY
1888–1923
BUT I TELL YOU MY LORD FOOL
OUT OF THIS NETTLE DANGER
WE PLUCK THIS FLOWER
SAFETY

Zu erwähnen sind außerdem noch die paar kleinen, faulenden, mehr oder weniger aufgelösten Blumensträuße, deren an jeder Ecke einer und in der Mitte der linken Längsseite noch einer lagen; schon so feucht, nein, naß, halb von der eigenen Fäulnis, halb vom Regen [und farbige, d. h. dunklere Spuren auf dem Stein lassend], daß sie kein Wind mehr fortwehte.
Als ich das alles festgestellt hatte, stand ich noch eine kurze Zeit, ohne mehr irgendetwas festzustellen; denn ich wußte, meinte ich, nun alles. Dann schritt ich zurück durch die Mitte des Friedhofs und durch das Portal, das ich mir ohne Mühe als ein ungeheures Portal denken konnte; kam, wie in Gesängen [aber ganz still] – es begann inzwischen nennbar zu regnen – auf die schmutzige Landstraße – es begann stärker zu dunkeln –, durch die ein Trupp, dann noch einer, dann einzelne Wandervögel oder etwas Ähnliches heranmarschierten, teils in Pelerinen gehüllt [schöne Mädchen in Pelerinen, meine ich; aber es waren doch mehr dicke darunter], die da [war es doch Sonntag] in die Umgebung, in die Wälder oder weiß Gott wohin einen Ausflug gemacht hatten. Da sie bald schneller, bald langsamer gingen, stillstanden, um zu beraten und zu schimpfen, oder aber, da sie schließlich zwar viel schneller gingen als ich, aber immer neue Gruppen im Rücken heranzogen, wurde ich sie nicht los bis hinab zum mächtigen, schmutzigen, häßlichen Viadukt, dem häßlich-schönen, langen, von dessen gewaltigen Druck aushaltenden Steinen Wasser herabtropfte. Aber ich hatte schließlich nichts mit ihnen zu tun. Sie störten mich nicht, trotz ihrem Singen und Kreischen. Ich ging

mehr am Rand der Straße; sie schritten kriegerisch in der Mitte. Schöne Mädchen mochten ja wohl darunter sein, aber ich sah es nicht so genau. Übrigens waren es doch mehr dicke. [Die Möglichkeit, daß da schöne Mädchen unter Pelerinen schritten, beschäftigte mich in einer Art, über die ich mir erst später genau Rechenschaft gab. Ich barg ihnen gegenüber etwas wie ein kühles und mitleidiges Lächeln; in einem ganz seltsamen inneren Verhältnis, wie nie, stand ich zu all diesen Mädchen, die da noch lebendig umhergingen: so sehr viel *blasser* waren sie mir als das Mädchen, von dem ich herkam und das ich lebendig nie gekannt hatte – von dem ich trotzdem wußte, daß es schöner als alle andern war.]
Außerordentlich schmutzig war die Straße. An ihr lagen die armen und komplizierten Behausungen der Pariser Umgebung, unendlich vielgestaltig mit Kaninchenställen, Vor- und Nebenbauten aus Latten, Lagern von Röhren, von Steinen, angefangenen Gartenwegen, Gehegen aus Draht, Kalksäcken, Haufen von Schutt, kompliziert, unbegreiflich unübersichtlich, sage ich, besonders in der Dämmerung. Dann gab es freilich auch dann und wann ein Haus darunter, das so *schönlich* war, mit herausquellenden Backsteinen, denen man die Rundung gelassen oder vielmehr eigens eine fabriziert hatte und noch so etwas wie ein Gesicht aufgeschmiert mit Kalk oder Zement – die so schönlich waren, sage ich, daß sie an das Land erinnerten, nach dem ich zu fahren im Begriffe war und vor dem mir bangte. Aber es sollte mich nicht umstricken. Klar ist freilich, daß ich weit lieber mit Katherine Mansfield sterben und tot sein wollte, als mit jenen leben. Ja geradezu in dem

Friedhof leben! Im Friedhof ist das Reale, schwer wie ein weißer Stein; es geht durch die schwachen hinfälligen Gehege: Ich meinte: der Stein wird noch immer weiß und unverändert hart sein, wenn die Gehege aus dünnen Naturholzstangen alt werden, morsch, faulen und hinsinken. Durch das faulende Stangenstehwerk schimmert überhaupt das große, helle Gestein immer durch. Durch das elende stehende Binsenwerk, das Röhricht, schimmert immer das große Gefelse durch. Die großen Felsen schimmern immer, durch das … Aus diesem Nesselbusch Gefahr pflücken wir die Blume Rettung.

V.
Behalte den Augenblick

Günter Eich
Behalte den Augenblick

Behalte den Augenblick,
wo Seile und Bretter abgelegt sind,
die Träger in der Wirtschaft Karten spielen,
im Trauerhaus wieder das Feuer brennt
und das erste Gelächter zu hören ist.

Käthe Kollwitz
Aus dem Tagebuch

13. Oktober 1916
Du bist zwei Jahre tot und bist jetzt ganz Erde. Dein Geistiges – wo? Ein solches Wiedersehen kann ich doch erhoffen, daß, wenn auch ich tot sein werde, wir vielleicht in neuer Form uns finden, wiederfinden. Daß wir zusammenströmen. Sei nicht Du für Dich und ich für mich! Laß mich Dir dienstbar sein! Vervollkommne Deine Form durch meine! Daß Dein kurzes Erdenleben einmal – vielleicht ganz woanders – in anderer Form zur Vollendung kommt. Ich will mit dabei sein. Stoff von Deinem Stoff und Geist von Deinem Geist. Ich will mit Dir zusammenfließen, wie ein Fluß in einen andern fließt, und dann *zusammen* weiter, vereinigt, stärker, tiefer, strömender. Liebster, Liebster, mit Dir zusammen! Kann das nicht sein, muß das nicht sein, daß Verwandtes aneinander schießt? wie sich bildende Kristalle? Wenn ich frei werde von der Erdenform, so kann meinem Geist doch nicht wie einem Dienstmann irgendeine Stelle angewiesen werden? Mein befreiter Geist sucht und bindet sich mit verwandten Geistern. Und die Menschen, die man hier sehr geliebt hat, die können sich zu neuer Form vereinigen. Wie dürr war mir früher dieser Trost. Das Geistige ist nicht der Mensch und *der*, der einzige Mensch, kommt so nie wieder.
Jetzt aber ist es mir schön zu denken, daß ich mit dem Geistigen vereinigt sein werde. Aber Hans will ich nicht drüben vorfinden, Hans muß länger als ich leben, und stirbt er, so empfangen wir den Gelieb-

ten und werden eins. Und Karl? Vor mir? Nach mir? Wir wollen alle vier vereinigt bleiben.
Wenn dieses, was noch halb Wunsch, halb Vorstellung ist, wirklich *Glaube* wird, so daß ich es fühle, dann muß ich auch in diesem Leben schon etwas davon erfahren. Und tatsächlich ist ja Peters Wesen oft zu spüren. Er tröstet, er hilft bei der Arbeit. Er ist fern, wenn meine Gedanken woanders sind, ich empfinde ihn zustimmend oder ablehnend, heiter oder traurig. Ich empfinde ihn mal stärker, mal schwächer. Wenn er *da* ist, nicht sichtbar, das Geistige oder das Wesentliche von ihm, dann muß es möglich sein durch mein mehr geschultes Hinhorchen auf ihn, ihn stärker zu empfinden. Während ich das schreibe, weiß ich nicht, ob das nicht vielleicht eine gedankliche Spielerei ist. Ob es das ist, kann ich erfahren. Das Gegenwärtigsein der Toten im übertragenen gedanklichen Sinn meine ich nicht. Ich meine, ob hier im sinnlichen Leben eine Verbindung herstellbar sein kann zwischen dem noch körperlich lebenden Menschen und dem Wesen des körperlich Toten. Ob das dann Theosophie oder Spiritismus oder Mystizismus heißt, ist mir ganz gleich. Ob es möglich ist, kann wohl jeder erfahren. War das nicht eine Einwirkung Peters auf Hans, daß in der Nacht, in der der eine starb, der andere sich zur Sanität entschloß und dadurch dann nicht ins Feld kam?
Es gibt sicher Wechselwirkungen, aber ich zweifle, ob ich mit meinen derben Fühlern sie merken kann. Mitunter habe ich Dich gefühlt, Junge, o ja, manche, manche Male. Du schicktest Zeichen. War das nicht zuletzt ein Zeichen, daß, als ich am 13. Okto-

ber draußen war, wo Dein Denkmal stehen soll, und ich da auf der Erde saß, dieselbe Blume da wuchs, die ich Dir beim Auszug gab?
Die Theosophen sagen, man kann langsam lernen, in jene Welt hineinzufühlen. Früher sagte ich, ich wolle das gar nicht. Und sicher kann von diesen Exerzitien auch nicht abhängen, ob man einen geliebten Toten um sich empfindet. Aber damit hängt es wohl zusammen, mit dem Durchdrungensein von dem, was im »Wandersmann« gesagt wird:

»Räum weg und mache Luft, das Fünklein liegt in dir!
Du flammest es leicht auf mit heilger Liebsbegier.

Du findest, wie du suchst: wie du auch klopfest an
Und bittest, so wird dir geschenkt und aufgetan.

Mensch, wo du deinen Geist schwingst über Ort und Zeit,
So kannst du jeden Blick sein in der Ewigkeit.«

Max Herrmann-Neiße
Gebet an den toten Vater

Vater, zu dem ich so lange nicht sprach,
weil ich dein Totsein nicht wecken wollte,
weil ich inzwischen so Schlimmes verbrach,
daß ich mich vor dir verstecken sollte:
hilflos, verachtet jetzt und verarmt,
muß ich doch deinen Schatten beschwören,
daß deine Nachsicht sich meiner erbarmt –
Du oder niemand sonst wird mich erhören!
Viele Versprechungen wehten vorbei,
Herbstwind entführt die welkende Habe.
Nur der Krähen Verrätergeschrei
zankt um das Erbe am offenen Grabe.
Liebe und Freundschaft waren bemüht,
aber sie kannten den Platz nicht zum Landen,
kamen verspätet oder verfrüht,
machten sich eins am andern zuschanden.
Und ich suche und suche umsonst,
dort lockt ein Obdach, mir ist es verschlossen,
dort lockt der Schatten der Buche umsonst,
Jahre des Glücks sind für immer verflossen.
Wie ich an deiner Gruft einst stand,
bin in die Fremde schutzlos gegangen,
zeig' ich dir heut' meine leere Hand,
die kein Almosen harmlos empfangen.
Schönes Wort und zärtlichen Blick
schenkten sie mir und verschwanden für immer,
spielend genossen sie mein Geschick
in dem Schutz ihrer sicheren Zimmer.
In ihres Lebens gefälligem Hohn
ward meine Sorge lächelnd begraben,

und nun vergaßen sie lange schon,
daß sie mich einst bedauert haben.
Fern ist die Welt mir, und war mir so nah,
Feinde und Freunde sich geizig verstecken.
Vater, den ich seit Jahren nicht sah,
laß mich endlich dein Totsein erwecken!

Marie Luise Kaschnitz
…mit meiner stillen Todessehnsucht

Nicht nur mit meinem bescheidenen Kleinrentnerinnenleben, sondern auch mit meiner stillen Todessehnsucht war es in diesen Wochen schon völlig vorbei. Von meinem Schreibtisch aufblickend, sah ich das Bild des Mannes, den ich verloren hatte, meines Mannes, wie ich zu seinen Lebzeiten arglos zu sagen pflegte, aber jetzt kam mir das Wort nicht mehr über die Lippen. Die Zeit, da ich ihn besessen hatte, war lang gewesen, aber die Ewigkeit war länger, aus ihr war er hervorgetreten, ihr gehörte er wieder an. Das Bild stammte aus dem Hungerjahr 1945, auf eine unheimliche Weise hatte der Maler die Leichenblässe, die dämonische Fremdheit seiner letzten Tage vorweggenommen, kalt und feindlich sah mich der Sterbende an. Die ganze Zeit über hatte ich mich seinem Blick gestellt, jetzt wich ich ihm aus, suchte die Photographien späterer reicher Jahre und legte auch diese beiseite, da ich ja noch immer umarmen wollte, während doch das Abbild, wie das Nachleben eines Toten, eine Fläche ist, die niemand umarmen kann. Das große Bild, das in mir die entsetzliche Vorstellung erweckte, du seiest an meiner Seite den Hungertod gestorben, stellte ich weg, stand aber jetzt während des Arbeitens oft auf, ging umher und betastete die Gegenstände, die deine Hände berührt hatten, und fand mich allein, ein Gefühl, das ich kaum gehabt hatte, als ich noch unbeschäftigt, das heißt, nur mit dir beschäftigt gewesen war. Ich sah jetzt auch manchmal in den Spiegel, fand mein Gesicht unstet, meine Augen koboldhaft und überlegte, was aus Frauen wird, die ein Menschenalter lang in der Liebe wie auf festem Boden stehen und die dann, verlassen, wieder flüchtig werden – wie ihre Haare, beständig gegen den Strich gekämmt, zu sprühen anfangen, wie sie irrsinnig kichern, wie der Teufel einzieht in ihren einsamen Leib. Aus solchen Gedanken rettete ich mich in meine neuen bescheidenen Beschäftigungen zurück, schrieb auch an meine weit entfernt wohnende Tochter, brüstete mich mit meiner Tätigkeit und bekam Briefe, in denen sie auf das Lebhafteste begrüßte, daß ich an der Welt wieder Anteil nahm. Dabei ging ich doch noch immer unsicher wie auf einer nassen und glatten Eisfläche, über die der Wind pfeift und unter der mit Baumkronen, Dächern und Gartenzäunen ein überschwemmter Landstrich schattenhaft zu sehen ist. Oft hörte ich in meinem behaglichen Zimmer ein flatterndes, scharrendes Geräusch, wenn ich aber das Fenster öffnete, blieb alles still, und kein Seelenvogel flog mir über die Schulter auf die nächtlichen Pappeln zu.

Robert Walser
Denke dran

Denke dran, wie du dich freutest über das süße, junge Grün im Frühjahr, wie du über den silberweißen und himmelblauen See entzückt warst, wie du die Berge grüßtest, wie du alles so schön fandest, was dir begegnete und dem du begegnetest, wie eine herrliche ungestörte weite Freiheit dich umschlang und wie du glücklich warst in der Umarmung, wie du heiter in den Tag hineinlebtest, den schönen, lieben, hellen Tag genossest, wie in den warmen Nächten dich der Mond wie ein Bruder anschaute, auf den du alles Vertrauen und allen Glauben warfest, wie die vielen Stunden so unmerklich dahinglitten, wie die Lustboote auf dem Wasser schaukelten, als sei das Wasser verliebt ins Tragen und empfinde eine unsägliche Wonne am Heben und am Stillsein dabei; wie der alte treue Berg sich so still verhielt und wie die weißen Wolken wie lodernde Flammen hinten aus dem Gebirge in den Himmel stiegen, wie die Leute auf der bald taghellen bald nächtlich dunklen Straße dich so freundlich grüßten, als seiest du ihr Freund, der du ihnen doch gänzlich unbekannt sein mußtest, wie die Dörfer mit ihren behaglichen Häusern und mit ihren üppigen, in süßer, reicher Unordnung prangenden Gärten dalagen, als wenn sie von uralten Zeiten träumten, wie das Gras und das Korn so gutmütig und so reizend reiften; wie der Hügel sich krümmte, und wie die Niederung zart verlief, wie im Walde dich eine unnennbare klostergleiche Ruhe und Stille empfing, als solltest du meinen, im Reiche der Größe und der Vergessenheit umherzuwandeln, und wie die lieben zarten Vögel im Walde sangen, daß du sogleich, wenn du den Gesang hörtest, stillstehen und horchen mußtest, daß es dich betroffen machte, wie wenn du die Stimme der Ewigkeit vernähmst; wie dich das Kind auf dem Arm seiner Mutter rührte, wie du einen alten Mann auf dem Totenbett sahst, und wie es dein Vater war, der tot dalag, der zu den schweigenden Toten gegangen war – denke dran, denke dran. Vergiß, vergiß es nicht. Vergiß nicht das Süße und vergiß nicht das Schwere. Wenn dich eine Gleichgültigkeit und Lieblosigkeit ankommen will, so spanne dein Gedächtnis an und denke an all das Schöne, denke an all das Schwere. Denke, daß es ein Leben gibt, und daß es einen Tod gibt, denke, daß es Seligkeiten gibt, und daß es Gräber gibt. Sei nicht vergeßlich, sondern denke dran!

Anmerkungen

Seite 8 *Gotthold Ephraim Lessing an Johann Joachim Eschenburg* Aus: Sämtliche Schriften, hg. v. Karl Lachmann. Bd. 18. 3. Aufl. besorgt v. Franz Muncker. Leipzig: Göschen 1907 – Eva Lessing, geb. König, starb kurz nach der Geburt eines Sohnes, der nur 24 Stunden lebte.
Seite 11 f. *Marie Luise Kaschnitz, Als meine Mutter starb* Textauszug aus: Orte. Aufzeichnungen. © Insel Verlag Frankfurt am Main und Leipzig 1975. Alle Rechte bei und vorbehalten durch Insel Verlag Berlin.
Seite 13 *Gottfried Benn, Mutter* Aus: Sämtliche Werke. Stuttgarter Ausgabe. In Verbindung mit Ilse Benn hg. v. Gerhard Schuster. Band I, Gedichte 1. © 1986 Klett-Cotta – J.G. Cotta'sche Buchhandlung Nachfolger GmbH Stuttgart – Benns Mutter starb 1912 an Brustkrebs. Gottfried Benn, selber Arzt, hatte ihr jedoch kein Schmerzmittel geben dürfen, da Pfarrer Benn, der Vater, der Ansicht war, dass Schmerzen von Gott geschickt seien und ertragen werden müssten.
Seite 14 *Peter Weiss, Abschied von den Eltern* Textauszug aus: Abschied von den Eltern. Erzählung. © Suhrkamp Verlag Frankfurt am Main 1961. Alle Rechte bei und vorbehalten durch Suhrkamp Verlag Berlin.
Seite 15 *Nelly Sachs an Kurt Pinthus in New York* Aus: Briefe der Nelly Sachs. Hg. v. Ruth Dinesen u. Helmut Müssener. © Suhrkamp Verlag Frankfurt am Main 1984. Alle Rechte bei und vorbehalten durch Suhrkamp Verlag Berlin. – Mit dem von Nelly Sachs erwähnten »Drama« ist *Abram im Salz* gemeint. In dem Zyklus *Im Geheimnis* von Nelly Sachs sind sechs Gedichte an die Mutter enthalten.
Seite 16 *Paul Celan, Schwarze Flocken* Aus: Die Gedichte. Kommentierte Gesamtausgabe in einem Band.

Hg. u. komm. v. Barbara Wiedemann. © Suhrkamp Verlag Frankfurt am Main 2003. Alle Rechte bei und vorbehalten durch Suhrkamp Verlag Berlin. – Das Gedicht *Schwarze Flocken* entstand vermutlich Ende 1942, nachdem im Juni 1942 Celans Eltern aus Czernowitz deportiert worden waren und Paul Celan aus einem Brief der Mutter vom Tod des Vaters im Herbst 1942 erfahren hatte. Die Mutter wurde wenig später durch einen Genickschuss ermordet.

Seite 17 *Else Lasker-Schüler, Mutter* Aus: Gedichte 1902–1943. Hg. v. Friedhelm Kemp. München: Kösel Verlag 1959

Seite 18 f. *Peter Handke, Wunschloses Unglück* Textauszug aus: Wunschloses Unglück. Erzählung. © Suhrkamp Verlag Frankfurt am Main 1984. Alle Rechte bei und vorbehalten durch Suhrkamp Verlag Berlin.

Seite 20 ff. *Simone de Beauvoir, Warum hat der Tod meiner Mutter…* Textauszug aus: Ein sanfter Tod. Aus d. Franz. v. Paul Mayer. Copyright © 1965 by Rowohlt Verlag GmbH, Reinbek b. Hamburg (rororo 1016)

Seite 26 f. *Ernst Stadler an Hermann Georg Fiedler, Oxford* Aus: Dichtungen, Schriften, Briefe. Kritische Ausgabe, hg. v. Klaus Hurlebusch u. Karl Ludwig Schneider. München: C.H. Beck Verlag 1983

Seite 28 f. *Hermann Hesse an die Familie in Calw* Aus: Gesammelte Briefe. In Zusammenarbeit mit Heiner Hesse hg. v. Ursula u. Volker Michels. Band 1: 1895–1921. © Suhrkamp Verlag Frankfurt am Main 1973. Alle Rechte bei und vorbehalten durch Suhrkamp Verlag Berlin.

Seite 30 *Matthias Claudius, Bei dem Grabe meines Vaters* Aus: Asmus Omnia Sua Secum Portans oder Sämtliche Werke des Wandsbecker Boten. München: Winkler Verlag 1968

Seite 33 *Margarethe Langen, geb. Trakl an Ludwig von Ficker, Insbruck* Aus: Georg Trakl, Dichtungen und Briefe. Hist.-kritische Ausgabe. Hg. v. Walther Killy u. Hans Szklenar.

Bd. II. Salzburg: Otto Müller Verlag 1969 – Georg Trakl starb am 6. November 1914 in der Psychiatrischen Abt. des Krakauer Garnisonsspitals an einer Überdosis Kokain. Seine Schwester »Gretl«, zu der Trakl eine sehr enge Beziehung hatte, nahm sich am 21. November 1917 im Alter von 25 Jahren das Leben.

Seite 34 *Hans Egon Holthusen, Klage um den Bruder II.* Aus: Klage um den Bruder. In: Das Gedicht. Blätter für die Dichtung 1947. Hamburg: Verlag Heinrich Ellermann 1947 © Erbengemeinschaft Holthusen – Der Bruder, Walter Reinhard Holthusen, fiel am 18. August 1942 in Russland.

Seite 35 *Käthe Kollwitz an Frau Schröder* Aus: Tagebuchblätter und Briefe. Hg. v. Hans Kollwitz. Berlin: Gebr. Mann Verlag 1948

Seite 36 *Alma Mahler-Werfel, Nur mühsam komme ich …* Aus: Mein Leben. © Alma Mahler-Werfel 1960. Alle Rechte vorbehalten S. Fischer Verlag GmbH, Frankfurt am Main

Seite 37 f. *Else Lasker-Schüler, An mein Kind* Aus: Gedichte 1902–1943. Hg. v. Friedhelm Kemp. München: Kösel-Verlag 1959

Seite 39 *Hugo von Hofmannsthal an Carl J. Burckhardt* Aus: Hugo von Hofmannsthal, Carl J. Burckhardt, Briefwechsel. Frankfurt: S. Fischer Verlag 1956

Seite 40 *Hermann Hesse an Thomas Mann* Aus: Gesammelte Briefe. Band 1: 1895–1921. © Suhrkamp Verlag Frankfurt am Main 1973. Alle Rechte bei und vorbehalten durch Suhrkamp Verlag Berlin. – Klaus Mann starb nach einer Überdosis Schlaftabletten am 21. Mai 1949 in Cannes.

Seite 41 f. *Gertrud Kolmar, Begraben* Aus: Das Wort der Stummen (1933). In: Frühe Gedichte (1917–22). München: Kösel-Verlag 1980

Seite 45 u. 46 *Georg Christoph Lichtenberg an Johann*

Andreas Schernhagen/Georg Christioph Lichtenberg an Franz Ferdinand Wolff Aus: Schriften und Briefe. 4. Bd. (Briefe). Hg. v. Wolfgang Promies. München: Carl Hanser Verlag 1967
Seite 47ff. *Hans Arp, Sophie* Aus: Wortträume und schwarze Sterne. Wiesbaden u. München: Limes Verlag 1953 – Sophie Taeuber-Arp starb in der Nacht vom 12. auf den 13. Januar 1943 an einer Kohlendioxydvergiftung im Hause von Max Bill in Zürich. Der *Sophie*-Zyklus entstand 1943–45 in Basel.
Seite 51f. u. 53 *Heinrich Mann an Eva Lips/Heinrich Mann an Julius und Eva Lips* Aus: Lps, Eva, Zwischen Lehrstuhl und Indianerzelt. Aus dem Leben und Werk von Julius Lips. Mit unveröffentlichten Briefen von Heinrich Mann und Martin Andersen Nexö. Berlin: Rütten & Loening 1965. Alle Rechte vorbehalten S. Fischer Verlag GmbH, Frankfurt am Main.
Seite 54 *Irmgard Keun, Für Joseph Roth* Aus: Wenn wir alle gut wären. © 1983 by Verlag Kiepenheuer & Witsch, Köln – Joseph Roth war bei der Nachricht vom Suizid Ernst Tollers zusammengebrochen und starb am 27. Mai 1939 in Paris. Irmgard Keun hatte Roth im Exil in Ostende kennengelernt und bis Anfang 1938 mit ihm zusammengelebt.
Seite 55 *Simone de Beauvoir, Es gibt eine Frage…* Aus: Die Zeremonie des Abschieds und Gespräche mit Jean-Paul Sartre. August–September 1974. Dt. v. Uli Aumüller u. Eva Moldenhauer. Copyright © 1983 by Rowohlt Verlag GmbH, Reinbek b. Hamburg
Seite 56 u. 57 *Hannah Arendt an Helene Wolff/Helene Wolff an Hannah Arendt* Aus: Hannah Arendt, Wie ich einmal ohne dich leben soll, mag ich mir nicht vorstellen. Briefwechsel mit den Freundinnen Charlotte Beradt, Rose Feitelson, Hilde Fränkel, Anne Weil und Helen Wolff. Hg. v. Ingeborg Nordmann u. Ursula Ludz. © Piper Ver-

lag GmbH, München 2017 – Kurt Wolff verunglückte am 21. Oktober 1963 in Ludwigsburg tödlich und wurde auf dem Friedhof in Marbach am Neckar beigesetzt.

Seite 61 *Sergej Jessenin, Freund, leb wohl,* aus dem Russischen von Paul Celan. In: Ders., Übertragungen II. Gesammelte Werke in fünf Bänden. Fünfter Band. © Suhrkamp Verlag Frankfurt am Main 1983. Alle Rechte bei und vorbehalten durch Suhrkamp Verlag Berlin.

Seite 62 ff. *Bettina von Arnim, Bericht über den Selbstmord der Günderrode* Aus: Karoline von Günderrode, Dichtungen. Hg. v. Ludwig von Pigenot. München 1922 – Karoline von Günderrode beging am 26. Juli 1806 Suizid.

Seite 69 *Hugo von Hofmannsthal, Terzinen. Über Vergänglichkeit I* Aus: Gedichte. Frankfurt am Main: Insel Verlag 1970 – Die *Terzinen. Über Vergänglichkeit* entstanden im Sommer 1894 nach dem Tod von Josephine von Wertheimstein. Hofmannsthal lernte Frau von Wertheimstein, einst Mittelpunkt eines berühmten literarischen Salons, 1893 kennen und war im Juni und Juli 1894 Gast bei ihr in Döbling, wo er Zeuge ihres Sterbens wurde.

Seite 70 ff. *Rainer Maria Rilke, Requiem. Für eine Freundin* Aus: Gesammelte Gedichte. Frankfurt am Main: Insel Verlag 1962 – Das *Requiem* wurde vom 31. Oktober bis 2. November 1908 in Paris niedergeschrieben, in memoriam Paula Modersohn-Becker, die am 20. November 1907 in Worpswede bei Bremen nach der Geburt einer Tochter starb.

Seite 79 ff. *Thomas Mann, In memoriam Hugo von Hofmannsthal* Auszug aus: Autobiographisches. Werke. Hg. v. Hans Bürgin. © 1960 by S. Fischer Verlag, Frankfurt am Main – Hugo von Hofmannsthal starb am 15. Juli 1929 am Tag des Begräbnisses seines Sohnes, der zwei Tage zuvor Suizid begangen hatte, an einem Schlaganfall. Vgl. S. 39

Seite 83 f. *Federico García Lorca, IV Abwesende Seele* Aus: Werke in drei Bänden. Ausgew. u. übertr. v. Enrique Beck.

Erster Band. Gedichte. Frankfurt am Main: Insel Verlag 1982 – *Abwesende Seele* ist der IV. Teil von *Llanto por Ignacio Sánchez Mejías*, der *Klage um Ignacio Sánchez Mejías, 1935*.
Seite 85 *Anna Achmatowa, Michail Soschtschenko* Aus: Totenkranz. Übers. v. Kay Borowsky. In: Spiegelland. Ausgewählte Gedichte. Hg. v. Efim Etkind. München: Piper Verlag 1982 © FTM Agency Ltd., Moscow
Seite 86 ff. *Ludwig Hohl, Abendlicher Gang* Textauszug aus: Daß fast alles anders ist. © Suhrkamp Verlag Frankfurt am Main 1984. Alle Rechte bei und vorbehalten durch Suhrkamp Verlag Berlin.
Seite 97 *Günter Eich, Behalte den Augenblick* Aus: Gesammelte Werke in vier Bänden. Band 1: Die Gedichte. Die Maulwürfe. Hg. v. Axel Vieregg. © Suhrkamp Verlag Frankfurt am Main 1991. Alle Rechte bei und vorbehalten durch Suhrkamp Verlag Berlin.
Seite 98 ff. *Käthe Kollwitz, Aus dem Tagebuch* Aus: Tagebuchblätter und Briefe. Hg. v. Hans Kollwitz. Berlin: Gebr. Mann Verlag 1948
Seite 101 f. *Max Herrmann-Neiße, Gebet an den toten Vater* Aus: Um uns die Fremde. Gedichte 2. Frankfurt am Main: Zweitausendundeins 1986
Seite 103 f. *Marie Luise Kaschnitz, … mit meiner stillen Todessehnsucht* Textauszug aus: Orte. Aufzeichnungen. © Insel Verlag Frankfurt am Main und Leipzig 1975. Alle Rechte bei und vorbehalten durch Insel Verlag Berlin.
Seite 105 f. *Robert Walser, Denke dran* Aus: Sämtliche Werke in Einzelausgaben. Hg. v. Jochen Greven. Band 16: Träumen. Mit freundlicher Genehmigung der Robert Walser-Stiftung, Bern. © Suhrkamp Verlag Zürich 1978 und 1985

Wir danken allen Rechteinhabern und Verlagen für die freundliche Genehmigung zum Abdruck. Die Schreibweise der Texte entspricht der in den jeweiligen Originalausgaben verwendeten Rechtschreibung.